Volker König

VARN

Über den Autor:
Volker König wurde 1965 in Dortmund geboren und wuchs in Herdecke auf. Nach seinem Biologiestudium begann er zu schreiben. Bisher erschienen sind der Roman *Tantenfieber*, der Erzählband *Dicke Enden*, die Novelle *Die Farbe des Kraken*, die Erzählung *VARN* und der Roman *In Zukunft Chillingham*.

Volker König


VARN


Erzählung

Die deutsche Bibliothek verzeichnet diese Publikation in der Deutschen Nationalbibliografie; detaillierte bibliografische Daten sind im Internet über http://dnb.ddb.de abrufbar.

Neuauflage September 2019
© 2012 Volker König
Bildquelle: pixabay
Herstellung und Verlag:
BoD – Books on Demand GmbH, Norderstedt
ISBN: 9 783749 483839

Meinst du nicht,
er werde ganz verwirrt sein und glauben,
was er damals gesehen,
sei doch wirklicher,
als was ihm jetzt gezeigt werde?

Platon

# 1.

Wenn er aus dem kristallblauen Himmel stürzte, brauchte ich nicht um sein Leben zu bangen. Er ertrank nicht in Seen oder in dem das Land umgebende Meer. Er brauchte nicht zu rasten, erschöpfte nie, brauchte darum nicht zu schlafen, brauchte auch nicht zu essen, zu trinken, zu sitzen. Er fror auch nicht oder zerfloss in Schweiß.

Tatsächlich war ich es, der ihn handeln, war ich es, der ihn reagieren ließ in jener Welt. Ich war der Gott, er das Geschöpf, an meiner statt in jene Sphäre aufgestiegen, um dort Wunder zu tun. Mein Gesandter, mein Sohn. Eines Menschen Sohn, jungfräulich geboren.

Sein Name sollte kernig klingen wie der jenes harten Platoon-Helden Barnes, eines abgeklärten Kriegers, eines Verteidigers der Freiheit, eines Bewältigers von Gefahren, eines lebenden, eines getarnten, eines grausamen und bösen Mannes. Doch böse Helden haben gute Namen. Mein Sohn sollte einen solchen tragen. Denn auch er wäre ein Held, auch er würde ein Krieger sein, der seine Mission verfolgt. Aber ich wollte ein V zu Beginn seines Namens, auf gar keinen Fall ein W, denn W sieht aus wie zwei Hängetitten. V hingegen ist straff. V ist ein Richtig-Haken, ein Zeichen setzender Pfahl, aber auch Symbol des Beckens, des Lebens, der

Vereinigung, des Neuanfangs. Und ich wollte seinen Namen noch verkürzen, denn von seiner Verkürzung versprach ich mir, Neugier zu wecken. Ich nannte ihn daher für jeden in jener Welt sichtbar Varn.

In meinem Sohn steckte etwas von mir. Nicht wie in einem leiblichen Sohn, dem ich mein Erbgut mitgeben würde, sondern wie in einem Kunstwerk, einem geistigen Sohn also, dessen Erscheinung ich nach meinem Gusto wählen konnte.

Denn Varn war ein künstliches Wesen, ein Avatar, von mir erschaffen, nicht aus Fleisch und Blut und mit Krankheiten und Kraftlosigkeit, sondern aus winzigen Lichtpunkten zusammengesetzt, ein Lichtwesen.

Ich hätte ihn bildhübsch aussehen lassen können, schöner als ich selbst es bin. Er hätte meiner eigenen Makel ledig sein können, aber ich machte ihn groß und hässlich, mit Metzgerarmen und monströs fettem Bauch, dazu einem fransig herabhängenden grau-weißen Haarkranz, einer dicken, schwarzen Hornbrille vor einem einfältigen Gesicht mit großen Augen und Unterbiss, mit Brontosaurus-Beinen auf der Wiese stehend.

Er klingt wie ein Planet in einem Science-Fiction-Fantasy-Film, und schon darum hätte ich Mitleid mit ihm haben können angesichts der Bildschönen um ihn herum, der Prinzessinnen und Zauberer, der fantastischen, magischen, mystisch entrückten Feen in fliegenden Gewändern und mit wallenden Haaren, mit blitzenden, glitzernden, funkelnden Lichtern drumherum, die von der Welt vor meinem Fenster so weit entfernt schienen, dass sie die Angst und Ungewissheit hier anscheinend nicht zu kümmern brauchte.

Varn sollte nicht seines Äußeren wegen geliebt werden, er sollte das groteske Gegenteil aller anderen sein. Er sollte auffallen. Denn als mein Sohn verwies er auf mich. War er doch nicht grundlos dort. Er hatte eine Aufgabe. Er sollte mich groß machen, sollte über mich berichten, sollte meine Herrlichkeit preisen, sollte meine Botschaft verbreiten und dafür sorgen, dass die Menschen an mich glaubten. Dazu war mir jedes Mittel recht, und ich hatte ihm dafür ein Buch an die Hand gegeben. Ja, ein Buch, das ich selbst verfasst hatte, das etwas über mich und meine Sicht der Welt sagte, über den zurückgezogenen Schreiber, den Denker, den Ausdenker, seinen Schöpfer.

So trug er also den Namen, den ich für ihn wollte, sah genau so aus, wie ich es wollte, sagte, was ich wollte, tat, was ich wollte und hatte dabei doch kein Gefühl, das zu verletzen war. Ich, als sein Schöpfer, habe dagegen Gefühle, und sie haben mich zu einem Lügner gemacht. Einem Lügner und Mörder.

Niemals wäre ich dazu geworden, hätten nicht die Umstände mich getrieben. Dabei wäre es ein Leichtes gewesen, diese Umstände zu umgehen, indem ich Varn gar nicht erst jene Welt hätte betreten lassen. Wenn ich Beobachter geblieben wäre und mich nicht durch Eitelkeit, Selbstbezogenheit und Gier hätte übermannen lassen, wenn nicht die Leidenschaft die Oberhand über mich gewonnen hätte, dann wäre ich niemals in diesen verhängnisvollen Strudel geraten.

Hätte ich mir doch nie die Frist eines vollen Jahres gesetzt. Hätte ich doch bereits nach wenigen Monaten dem Zauber jener Welt den Rücken gekehrt! Selbst noch nach einem halben Jahr wäre ich ohne Schaden aus der Sache herausgekommen. Doch wie ein Süchtiger viele gute Vorsätze hat, die er insgeheim nicht einzulösen gedenkt oder es tatsächlich auch nicht zu Wege bringt, sie einzulösen, so war ich mit Varn Nacht für Nacht in jene seltsame Welt zurückgekehrt.

Denn dort ist alles hell und freundlich, und die Möglichkeiten erscheinen unbegrenzt. Nicht wie in der Welt vor meinem Fenster, die an Eintönigkeit und Schuld erstickt, die es täglich riskiert, ihren Bewohnern den Glauben an sie zu nehmen, die keine Mühe scheut, ihre Bewohner mit Hinterlist in die Irre zu leiten. Zeugen nicht die Toten, die den Weg allen Lebens säumen, davon? Selbst mir, dem Zurückgezogenen, bleiben sie nicht verborgen, liegen mir gar im Weg wie einst der Mann aus dem Nachbarhaus, der offenbar keinen anderen Rat mehr wusste, als sich aus einem der oberen Stockwerke kopfüber auf den Gehweg zu stürzen. Seine Beweggründe werden mir unbekannt bleiben. Er hätte unheilbar krank gewesen sein können am Leib, obwohl auch die Seelen der Menschen befallen werden können von Krankheiten, die ihnen jeden Ausweg verbauen. Selbst die Liebe, die doch eigentlich das Leben erträglicher machen soll, kann gerade das Gegenteil bewirken, wenn sie unerwidert bleibt. Wie viel musste sich in jenem Menschen angesammelt haben, um auf diese Weise sein Leben zu beenden? Sein Sprung mag aus der Ferne ähnlich ausgesehen haben wie der jener Menschen, die an einem Septembertag aus zwei Hochhäusern in New York gesprungen waren, kurz bevor der monströse Doppelphallus in sich zusammenfiel und dadurch jenes mächtige Land entmannte. Jene hatten wahnsinnig vor Angst geglaubt, sich retten zu können, dieser aber wollte sich töten, der Feigling. Wenn er es nicht drauf angelegt hätte, dann hätte er den Fall überleben können, so die Sanitäter, denn er war noch nicht einmal aus so großer Höhe gesprungen. Jetzt konnte er nicht mehr von seinen Qualen erzählen. Jetzt lag er unter einer Plane, und lediglich das stille Blut drumherum erzählte alles. Seine bildhübsche, junge Frau, die mir sogar einmal ein Lächeln geschenkt hatte, stand mit bleichem Gesicht und leeren Augen abseits hinter dem breiten Kreuz eines Polizisten, als sie ihn verluden.

Ein Paradies, ein riesiger Garten Eden, der mit Verheißungen lockt, findet sich jedoch dort. Doch um jene Welt aus Rollen, aus Masken, jenes bunte Treiben, jenen Karneval zu erobern, musste Varn Kenntnisse erwerben.

Wie ein Kind lernte er gehen, laufen, ja fliegen, mit dem Kopf voraus, wie ich es in meinen Träumen tat. Er lernte Gegenstände zu berühren, er lernte, sie zu verschieben, er lernte, neue zu erschaffen. Ich staunte, und es umfing mich eine Leichtigkeit, wie sie mir in meinem Leben aus Fleisch und Blut, dem Leben vor meinem Fenster, versagt blieb.

## 2.

Nachdem er jene Welt aus der Tiefe meines Rechners heraus betreten, sich aus dem Labyrinth der Dateien und Verzeichnisse, der Passwörter, Codes und Programme gelöst und generiert hatte, wenn er ins Wechselspiel mit dem Programm jener Welt getreten war und sich so eingefügt hatte, dann sprang Varn auf der Suche nach Gleichgesinnten, nach Zuhörern, nach Jüngern umher.

In jener herrlichen Welt ist das ohne weiteres möglich, denn selbst größte Entfernungen sind per Teleport (tp) zu überwinden. Ich war froh, dass ich eine Karte nutzen konnte, um mich zurechtzufinden, denn hätte ich sie nicht gehabt, hätte ich bei der Größe jener Welt schnell die Orientierung verloren.

Ort für Ort wird aus einem schier unerschöpflichen Magazin geladen und auf meinen Bildschirm geschossen, wo er zerplatzt zu Himmel um Himmel, Berg um Berg, Ebene um Ebene, alles bezaubernd schön, der Tageszeit entsprechend sogar in unterschiedlich farbiges Licht getaucht oder in hellem Mondlicht versinkend.

Ich konnte gar nicht genug bekommen von den herausgeschossenen, den zerplatzten Landschaften. Wenn schließlich doch alles appetitlich hergerichtet war und Varn  darin erschien, ließ ich ihn in den Himmel steigen und seine Reise fliegend fortsetzen auf den Horizont zu. Der verschob sich im Näherkommen, einer Fata Morgana gleich. Immer neue Flächen kleksten an seinen vorherigen Rand. So wurde mir, je weiter Varn flog, beständig Neues offenbart.

Von Gier getrieben saugte ich all die Pracht in mich ein. Dass es sich lediglich um Bilder aus meinem Rechner handelte, schmälerte meine Lust keineswegs. Doch wenn Varn leicht wie eine Feder durch die Himmel schwebte und die Landschaften, die Häuser und Avatare unter sich herziehen sah, dann stieß er manchmal sogar an Grenzen.

Transparente, riesige Flächen schirmten den Zutritt Unbefugter ab. Diese Flächen waren Varn zwar durch feine rote Schrift kenntlich gemacht, aber in der Regel übersah er diese Schrift und mit ihr die Grenzen und flog dagegen. Hilflos sich krümmend und verwirrt sich um sich selbst drehend, wirkte er so verdutzt wie ich selbst es dann war. Wer wollte Varn hier ausschließen, und warum? Oder sollte hier etwas eingeschlossen sein? Am Ende ein ganzes Volk?

Damals dachte ich, dass Varn sich in irgendeiner Form den Unmut anderer zugezogen oder sich sogar strafbar gemacht haben musste, um ausgeschlossen zu werden. War etwa über seinen Schöpfer etwas bekannt geworden, was dort nicht bekannt sein konnte und durfte? Wusste man dort, wer die Deckenplatten im Souterrain zerschlagen, wer in die Fußgängerzone gepisst, wer wahllos Außenspiegel abgetreten und wer die Ente im Park mit der Bierflasche erschlagen, ihr den Hals umgedreht und aufgefressen hatte, zubereitet von einer asiatischen Hure? Davon konnte dort niemand wissen. Dennoch wurde Varn die Passage verwehrt. Ich lenkte ihn in andere Richtungen, hoffte durch eine größere Flughöhe doch noch über das Hindernis hinwegzusetzen, versuchte am Ende sogar, per tp in diese Bereiche zu gelangen. Doch all das blieb erfolglos, und so war Varn gezwungen, sie zu umfliegen.

Später stieß er zufällig auf einen kleinen Mann, der ihn in sein Haus einlud. Um dieses Haus betreten zu können, deaktivierte der kleine Mann für Varn eben solch eine Grenze. Im Haus dann öffnete er eine mächtige Bodenklappe und bat Varn in seinen düsteren, leeren Keller. Der kleine Mann entschuldigte sich für die Leere und versicherte, dass hier bald viel mehr los sei, wenn er erst die Bälle und das Inventar installiert habe. Worauf das alles denn hinauslaufe, ließ ich durch Varn fragen. Wenn alles fertig sei, wäre es ein Sexkeller, einer für Sado-Masochisten, gab der kleine Mann geradezu schüchtern zur Antwort. Varn wisse ja jetzt um diesen Ort, und er könne jederzeit vorbeischauen, um sich vom Fortschritt der Arbeiten zu überzeugen. Er dürfe auch anderen davon berichten, die sich dann auf Varn berufen sollten. Mit ihm als Bürgen würde er die Barriere deaktivieren.

Wie viel Perverses steckte wohl noch hinter der Fassade dieses unsicheren Männchens? Oder hinter der aller anderen? Noch etwas später stolperte Varn ganz zufällig in eine Art Verlies und konnte sich dort ein Bild davon machen, wie diese besondere Art von Bällen zu verstehen war, mit denen der kleine Mann Erwartungen zu wecken hoffte. Schon die Gegenstände und Bilder, die in jenem Verlies an den Wänden hingen, ließen keinen Zweifel aufkommen, wozu sie taugten. Die Bälle, oder vielmehr die darin versteckten Programme, ließen Varn auf dem Boden nämlich Bewegungen vollführen, die ganz eindeutig der Kopulation dienen sollten. Varn hatte damals keine Partnerin, und so hatte das alles lächerlich ausgesehen. Sicher, mit einer Partnerin hätte das sehr echt wirken können, dabei war es Pixelsex.

Die Kenntnis des Schlüsselmeisters öffnet also versiegelte Bereiche. Über die Ränder jener Welt jedoch ist kein Fortkommen möglich, zumindest gibt es keine weitere Welt, die zu besuchen wäre. Das Festland wirkt wie eine gewaltige Scheibe, die vom großen Ozean umschlossen ist. Dieser Ozean ist nicht zu überqueren, wohl aber endlos zu überfliegen. Manchmal wächst neues Land, neues Leben aus dem Wasser genau so, wie alles im Leben vor meinem Fenster ihm entstiegen ist. Beinahe täglich erheben sich neue Inseln an den bisherigen Rändern des Festlandes aus dem Ozean, die sich schon bald darauf mit der Landmasse verbunden haben. Ein Ende dieses Prozesses, ein Ende dieser parthenogenetischen Knospung, ist nicht abzusehen. Ich stelle mir vor, wie es in dreißig Jahren dort aussehen wird.

Die kleinen, grünen Punkte. Vereinzelt tauchten sie unvermittelt auf einer detaillierteren Karte auf. Wenn ich Varn dann in die Nähe dieser vereinzelten Punkte schickte, war dort aber nichts Bemerkenswertes zu finden. Doch welch ein Schreck hatte mich durchfahren, als ich Varn zum ersten Mal eine Ansammlung solch kleiner, grüner Punkte ansteuern ließ. Eine ganze Herde anderer Avatare hatte sich in einiger Entfernung von Varn dort versammelt. Über den Köpfen der Zusammengerotteten schwebten die schwarzen Schilder ihrer Namen, den Bewegungen der einzelnen Avatare folgend, umeinander tanzend, in ihrer Gesamtheit aus der Ferne wie eine schwarze Wolke wirkend, unheilvoll wabernd. Einen einzelnen Punkt, einen einzelnen Avatar in einer überwältigenden Landschaft zu finden, bedurfte offenbar einiger Übung in der Navigation. Später gelang mir dies natürlich.

Es mag seltsam klingen, aber es entspricht nicht meinem Wesen, Unbekannte anzusprechen. Lediglich wenn ich einen guten Grund habe, der mich zwingt, es zu tun, fällt es mir leicht.

Wenn ich daran denke, wie viel ich später mit Alida geredet habe, so mag meine Abneigung noch schwerer verständlich sein. Nächtelang haben wir geredet. Bei ihr wurde ich regelrecht gesprächig, wurde zur Plaudertasche wie früher, als ich noch viel geredet hatte, dass ich jeden übertönt hatte. Als ich mir schließlich selbst auf die Nerven fiel, verstummte ich und hörte mit einem Mal alle anderen und den Unsinn, den sie von sich gaben. Seitdem liebe ich die Stille und halte mich vom allgegenwärtigen Geschwätz fern. Ich selbst rede nur noch, wenn ich mir gut überlegt habe, ob etwas zu sagen ist.

Aus der Welt vor meinem Fenster erreicht mich daher oft tagelang kein gesprochenes Wort. Ich bedauere das nicht. Die Verkäuferin im Markt um die Ecke beispielsweise - ich könnte aber jeden Beliebigen meines Viertels aufführen - sieht nur den stummen Mann, der ich geworden bin, hat sie doch noch nie ein

Wort von mir vernommen und muss sich erschrocken haben, als ich einmal eines an sie richtete, weil sie das Wechselgeld zu meinen Gunsten herausgegeben hatte. Ohne Umschweif begann sie ein Gespräch. Offenbar wollte sie die einmal entzündete Flamme nicht so bald verlöschen lassen, schon allein, um sich vor anderen rühmen zu können, den Stummen gehört zu haben. Und so quälte sie mich mit nichtigen Bemerkungen, ob ich immer so ehrlich sei, das sei ja ganz selten, dass sie jeden Abend Rechenschaft über den Kassenbestand ablegen müsse, dass das Wetter ja wieder besser geworden sei, bis hin zu meiner Einschätzung darüber, was bei einem Wassereinbruch im Keller zu tun sei. Es hatte Tags zuvor nämlich einen sintflutartigen Wolkenbruch gegeben, dessen Folgen ihr den Schlaf geraubt hatten. Ich antwortete so knapp und oberflächlich wie möglich, um das Ganze schnell beenden zu können. Sie, der anscheinend mein Unwille, in eine Konversation mit ihr zu treten, nicht auffiel – wahrscheinlich fällt ihr ohnehin kaum irgendetwas ein oder auf – versuchte dagegen weiter in mich zu dringen, zögerte alles, was mit der Kassenschublade, ihrem Inhalt und dem Wechselvorgang als Solchem zu tun hatte, unnötig hinaus und versetzte mich dadurch in Unruhe. Als sie dann doch endlich von mir abließ, und das nicht, weil ich mich ihr gegenüber befriedigend geäußert hatte, sondern weil ihr zum einen nicht mehr einfiel, und zum anderen die Kundenschlange länger und länger wurde, war ich völlig entnervt.

Dem Himmel sei gedankt, dass es in der Natur der Götter liegt, sich nicht direkt äußern zu müssen, sondern jemanden bestimmen zu können, der es für sie tut. Mit Varn als meinem Boten in jener Welt, blieb ich in dieser Tradition. Er würde sich an meiner statt äußern. Doch obwohl ich lange mit Varn in jener Welt herumgeirrt war, nachdem er zahllose entlegene Orte, Orte von unglaublicher Schönheit und Ruhe und beruhigend unbelebt und leer genauso wie lärmende Tanzsäle und überfüllte Marktplätze betreten hatte, hatte ich Varn bisher niemanden ansprechen lassen, hatte ihn sondengleich in jene Welt eingeführt, hatte durch ihn lediglich beobachtet, war auf Abstand geblieben und darum auch noch nicht aufgefallen.

Damit musste nun Schluss sein. Varn musste auf all die anderen Avatare zugehen. Vielleicht würde ich ihn am Ende auch direkt unter die schwarze Wolke schieben. Er würde dann alles sagen, was zu sagen war, und er würde Zuneigung oder Ablehnung erfahren.

# 3.

In gewisser Hinsicht ist jene andere Welt ehrlicher als die vor meinem Fenster, denn sie ist offensichtlich ein Produkt des Geistes. In der Welt vor meinem Fenster hingegen bezweifelt kaum jemand, ob das, was uns umgibt, wirklich so vorhanden ist. Es gibt halt nur einen Platon!

Aus dem, was über unsere Sinne in unser Hirn dringt, entwickeln wir Modelle. Es verhält sich sogar so, dass diejenigen, die anscheinend gescheitere Modelle zu Wege bringen, sich über diejenigen setzen, die in ihren Augen anscheinend plumpere nutzen. Alle, die sich Modelle machen, ganz gleich ob plumpe oder ausgefeilte, sind aber davon überzeugt, einen freien Willen zu haben, der sie über sich selbst bestimmen lässt, dass sie also vernünftige Entscheidungen treffen, anstatt unaufhörlich durch Hormone und genetische Veranlagung und Erziehung zu ihren Handlungen und Schlussfolgerungen getrieben zu sein. Sie vergessen, dass unser Kopf die Umwelt zusammensetzt und sich dabei Mittel bedient, die schon in den Köpfen unserer Vorfahren steckten.

Als ich später Alida gegenüber beispielsweise von der Liebe als Humbug sprach, dass die ebenfalls nur auf Hormone zurückzuführen sei und auf gar keinen Fall etwas mit Schicksal zu tun habe, dass Menschen im

Grunde biologische Maschinen seien, die auf Grund komplizierter chemischer Wechselwirkungen funktionierten, lachte sie und meinte, dass das ja sehr langweilig klinge, wenn man die Dinge so sehe. Genau darum wolle sie mich vom Besseren überzeugen und würde keinesfalls frühzeitig aufstecken. Sie war sich sicher, dass es sich bei mir lohnen würde.

Ja, Alida, die an die Liebe glaubte wie Kinder an den Weihnachtsmann.

In jener Welt ist offensichtlich alles Illusion, ist alles manifestierte Vorstellung, und Varn war eine ihrer Manifestationen. In jener Welt ist alles erdacht, ist alles von einem Rechnersystem erschaffen, das wiederum auf seine Programme und damit seine Programmierer hört. Alles, was in jener Welt reine Fiktion ist, scheint in der Welt vor meinem Fenster zumindest in irgendeiner Form greifbar, wenn auch nur in einem für uns möglicherweise unbegreiflichen Sinn. So denken wir jedenfalls. Dabei ist es denkbar, dass sich jene Welt und die vor meinem Fenster ähneln!

Da Varn und seine Welt reine Illusion war, so waren es Varns Bewegungen erst recht. Auf meinem Bildschirm existierte Varn nicht als Wesen, das greifbar wäre. Ebenso wenig konnte er sich fortbewegen. Es leuchteten lediglich die Pixel neben ihm auf, die dort bereits vorhanden, aber noch nicht aktiviert oder noch nicht mit der Information, die Varn ausmachte, aktiviert waren, und es verlöschten andere, deaktivierten sich andere mit der Information über Varn und fielen auf die Information über die Umgebung zurück. So wurde eine Bewegung auf Grund der Geschwindigkeit, mit der dies alles vonstatten ging, vorgegaukelt. Tatsächlich aber rückte die Fläche, die Varn in seiner Umgebung einnahm, lediglich um ein winziges Stück zu einer Seite hin. Dafür wird Energie benötigt, die dort aus dem weltweiten Netz der Kraftwerke zur Verfügung gestellt wird. Und nur, weil unser Auge dieses Verrücken der Fläche und das darauf folgende wahrnimmt, und weil unser Gehirn diese schnelle Abfolge von einzelnen Bildern aus dem Auge nicht aufzulösen imstande ist, konstruiert es daraus eine Bewegung. So verhält es sich in jener Welt und in jeder anderen, die auf einem Bildschirm erzeugt wird. Die Bewegungen, ja der gesamte Bildaufbau, ist gequantelt. In der Welt vor meinem Fenster könnte es sich ebenso verhalten. Das Universum könnte einem riesigen Bildschirm gleich und aus mehr als nur zwei Raumdimensionen bestehend, jegliche Struktur darin je nach der Richtung des Energieflusses, in dem ebenfalls die Information zu einer Manifestation steckt, bilden. Materie ist Energie, und so könnte das Heben meines Armes, um mich beispielsweise am Kopf zu kratzen, in Wirklichkeit die Anregung der Teilchen in unmittelbarer Umgebung der Oberseite des ruhenden Armes bedeuten, die daraufhin Armteilchen werden, wohingegen die Teilchen der vormaligen Unterseite des Armes ihre Arminformation verlieren und so Teilchen der Umgebung werden. Am Ende bewegen wir uns alle gar nicht körperlich fort, sondern eine Anregungswelle beladen mit der Information, die uns ausmacht, pflanzt sich fort durch ein im Prinzip allmächtiges Medium, eines, das jede Form annehmen kann. Das, woraus dieses allmächtige Medium besteht, erfährt eine Wandlung zu einer Struktur, die abhängt von der Information und der Energie des gesamten Systems, des Universums oder Gottes, wenn man denn dran glauben will. So würden wir permanent neu erzeugt und vergingen im selben Moment wieder an anderer Stelle. Dies alles geschieht in einem größeren, übergeordneteren Maßstab als unsere Körper ohnehin in ihren Einzelteilen einem ständigen Werden und Vergehen, einem fließenden Gleichgewicht, unterworfen sind. Die das alles antreibende Energie ist in diesem allmächtigen System enthalten. Hatte ich nicht von so genannten virtuellen Teilchen gelesen, die quasi aus dem Nichts entstehen und spontan wieder ins Nichts verschwinden?

So gesehen behaupte ich, dass sich die Welt vor meinem Fenster lediglich durch die Anzahl der Dimensionen von jener Welt unterscheidet. Und alles Ähnliche will zusammenwachsen. Nur darum fließen die Flüsse zum Meer, nur darum formieren sich Vogelschwärme, nur darum werden Vereine gegründet, nur darum erkennen sich Frau und Mann.

Die Ähnlichkeit beider Welten war mir zunächst verborgen geblieben, und so fühlte ich mich, wie man sagt, überrumpelt, als ich später plötzlich auf sie stieß. Dabei hätte ich schon viel früher darauf kommen müssen, dass es diese Ähnlichkeit gibt und dass sich folglich auch jene Welt auf die vor meinem Fenster auswirken musste und umgekehrt. Ja, sogar die drohende Verschmelzung beider Welten, ihre Verschränkung ineinander – alles Ähnliche will zusammenwachsen – hätte ich vorhersehen können. Denn wusste ich nicht um die Bestrebungen, ein Outernet zu etablieren, also jedem Mobiltele-fonbesitzer die Möglichkeit zu geben, mittels der einge-bauten Kamera auf seine Umgebung zu zielen, um dann das hinter dem Telefon verborgene Internet diese Au-ßenwelt erkennen lassen zu können? Selbst Gesichter völlig fremder Menschen sollen so mit im Internet ge-speicherten Bildern verglichen werden. So soll sich dem Benutzer die Welt vor meinem Fenster als riesige Schalt-fläche, als riesiger Desktop darbieten, dem er Informa-tionen entnehmen kann, die ihm aber auch unaufhörlich zugetragen werden. Unaufhörlich errei-chen ihn Angebote darüber, was er in seiner näheren Umgebung vorfinden kann, denn das Netz weiß um seine Bedürfnisse, weil er durch sein bloßes Suchen im Netz permanent das System mit Wissenswertem über sich selbst füttert. Das Netz will dem Benutzer nur Gutes tun und stöbert, ausgehend vom momentanen Standort des Benutzers, nach seinen Begierden. Wenn der Benutzer beispielsweise Erdbeeren mag und darum irgendwann im Netz nach einem Angebot für Erdbee-ren gesucht hatte, dann wird ihm fortan unaufhörlich mitgeteilt, wo Erdbeeren in seiner nächsten Umgebung, ja weltweit gerade günstig zu kaufen sind. Ganz wund wird er im Hirn wegen der ständigen Erdbeerflut, die ihm den Verstand fortspült. All seine Neigungen, seine Interessen, seine Begierden werden so über einen langen Zeitraum im Internet völlig unpersönlich zusammenge-tragen, und fortwährend aktualisiert. Es ergibt sich ein konkretes Bild dieses Benutzers. Wenn man es drauf an-legte, könnte man sein Alter Ego im Netz finden, das zwar keinen Körper, aber doch sämtliche Information über ihn und seine Erdbeerneigung zur Verfügung stellen kann. So sind Benutzer und Netz miteinander verschränkt. Einen konkreten Hinweis auf meine Verschränkung mit jener Welt würde mir später mein Bankkonto geben.

Nun, jene Welt unterschied sich insofern, als dass ich dort auch einen Körper hatte. Ich war nicht nur mittels eines Mediums wie einem Telefon mit einer anderen Welt verbunden, sondern ich steckte mit Varn mitten darin. Ich konnte sogar, wie ich es später tat, einen Markt wie den an meiner Ecke besuchen. Ich streifte darin später umher, beobachtete die Avatare, wie sie zielstrebig auf das Obst, die Milchtüten, das Brot, die Kühltheken zusteuerten mit ihren so effizienten Bewegungen. Andere wiederum standen unschlüssig und nachdenklich mit hängenden Schultern vor den Auslagen, als wären sie eingeschlafen, gerade so, wie es mein Varn tat. Wenn er auf einer der Bänke saß – dort ist ja immer wunderbares Wetter, und man kann schön sitzen – und nicht in ein Gespräch verwickelt war oder sich nach allen Seiten umsah, dann nickte er für gewöhnlich schon nach wenigen Minuten ein. Sein Kopf sank auf seine Brust, und sein Körper schien sich vollständig zu entspannen.

In einem der Gänge stieß ich auf eine Frau, die der Frau von der Kasse in meinem Markt an der Ecke durchaus glich. Gerade wollte sie einige Konservendosen in ein hochgelegenes Regal sortieren und musste sich dabei übermäßig strecken. Sie ist eine recht kleine Frau, dachte ich bei mir. Wie die Frau im Markt an der Ecke, und ich fragte mich, warum sie dies Problem nicht einfach schwebend löste. Bestimmt ist sie ein Neuling, und so wollte ich gerade das Wort an sie richten, wollte sie ebenso unbefangen duzen wie jeden in jener Welt, als sich ihr Gesicht zu einem Stirnrunzeln verzog. Weiß der Himmel warum. Aber es gebot mir Einhalt. Avatare verziehen ihr Gesicht nicht in dieser Weise. Unsere Gesichter werden von sechsundzwanzig Muskeln bewegt, die für gewöhnlich zwar nicht gleichwertig für unsere Mimik eingesetzt werden, aber doch alle daran beteiligt sein können. Kein Avatar hat solch viele Möglichkeiten, sein Gesicht zu bewegen, und so behilft man sich dort mit Gestik, um der inneren Bewegung Ausdruck zu verleihen.

In dem Moment, da sie ihre Stirn runzelte, wechselte die Illusion in die Wirklichkeit des Marktes gerade so, wie der Traum des Mittagsschlafes dem Erwachen weicht. Diese Frau war kein Avatar, sondern es war tatsächlich die Frau aus dem Markt an der Ecke, wie auch der Markt selbst nicht in jener Welt, sondern in der Welt vor meinem Fenster stand. Ich musste verrückt gewesen sein, denn nur so konnte ich mir meinen Irrtum erklären. Das künstliche Licht im Markt sowie die Anordnung des Inventars mag seinen Teil zu dieser Illusion beigetragen haben. Diese Frau rechnete keinesfalls damit, von Varn, von mir, angesprochen zu werden. Ich war nicht Varn, der in jener Welt inzwischen permanent andere ansprach. Hätte ich sie angesprochen und dabei sogar geduzt, so hätte sie sich bestimmt gewundert. Ich hingegen war über meine Erfahrung so erschrocken, dass ich erstarrte. Hatte ich diese Frau nicht gerade auf die Möglichkeit des Schwebens aufmerksam machen wollen, als sei sie ein Neuling in jener Welt? Hatte ich ihr nicht sogar ein paar Tipps zu den beliebtesten Orten in jener Welt geben wollen? Mir schauderte bei dem Gedanken, zu welchem Tun mein Kopf mich beinahe verleitet hatte.

Die Frau fragte, ob mir nicht gut sei. Ich riss mich zusammen und knurrte etwas kaum Verständliches über Kopfschmerzen. Ich würde doch wohl nicht noch häufiger verrückt werden? Hatte ich zu viel Zeit in jener Welt verbracht? War es am Ende vielleicht gefährlich, dort seine Zeit zu verbringen? Ich könnte jederzeit damit aufhören, beruhigte ich mich. Im Grunde brauchte ich mich aber doch nur zu konzentrieren, damit sich die Grenze nicht verwischte.

Von Spielen im Rechner weiß ich, dass ich für die Beeinflussung durch virtuelle Welten empfänglich bin. Im Verlauf solcher Spiele müssen beispielsweise Dinge gesucht werden. Dazu klicke ich auf bestimmte Stellen des Bildschirms. Nach Stunden in solchen Welten klickte ich später im Geiste die Dinge der realen Welt an in der flüchtigen Erwartung, die Dinge  reagieren zu lassen. Glücklicherweise verschwindet dieses Symptom rasch wieder. Als Besucher jener Welt aber war es mir doch tatsächlich völlig entgangen, dass ich mich bereits wieder in der realen Welt befunden hatte, dass ich den Weg zum Markt unternommen, ihn betreten und darin herumgesucht hatte. Ich durfte nicht zulassen, dass sich das Tor zu jener Welt ohne mein Zutun woanders als an meinem Rechner auftat oder gar völlig verschwand. Bei anderen Avataren hatte ich das erlebt, aber es hatte mich damals allenfalls belustigt.

# 4.

Lange nämlich, bevor ich der schwarzen Wolke gewachsen sein würde, tepete (tpte) ich Varn auf ein Stück Land, von dem ich durch den grünen Punkt zunächst nur wusste, dass sich ein Avatar dort herumtrieb.

Nachdem sich die Szenerie vollständig aufgebaut hatte, stand Varn zwischen Bäumen vor einer Villa. Ringsum leuchteten Blumen, ein kleiner Teich lag links von Varn, eine Sonnenuhr stand rechts. Wenn ich gehofft hatte, mit Varn eine völlig fantastische Welt vorzufinden, die mit der vor meinem Fenster nicht zu vergleichen ist, dann war ich längst eines Besseren belehrt worden.

Braucht ein Avatar ein Dach über dem Kopf? Varn war unter viele getreten und hatte dort Betten, Stühle, Küchen, ja Toiletten vorgefunden. Selbst Gardinen hingen vor den Fenstern und Blumen standen in Vasen. Vor den Häusern warteten Fahrzeuge, in den Häfen schaukelten Boote, am Himmel kreisten manchmal Flugzeuge. Dies alles ließ mich schmunzeln, denn bei aller Freiheit der Menschen in jener Welt fallen sie doch auf das zurück, was sie in der Welt vor meinem Fenster gerne hätten und entbehren müssen. Sie wollen es nett haben.

Zwischen den Bäumen stand eine Frau. Sie war blendend schön, mit langen, schlanken Beinen, langen

Haaren, einem erhabenen Busen und anmutigen Bewegungen wie die weitaus meisten Frauen dort, und wie es Alida ebenfalls sein würde. Später.

Alida anzusprechen hatte ich keinerlei Bedenken oder gar Hemmungen mehr gehabt. Später bei Alida befand ich mich bereits in einem geistigen Zustand, den ich hier noch nicht erreicht hatte.

Ich kenne viele schöne Frauen, aber so perfekt wie sie in jener Welt sind, ist keine. Meine schönsten Frauen sind noch nicht einmal schön für jedermann. Sie sind es nur für mich, weil ich sie einmal in einem ihrer seltenen stillen Momente schräg von hinten gesehen habe. Sich unbeobachtet wähnend sind sie völlig entspannt. Sie lächeln, atmen ruhig und möglicherweise kauen sie langsam auf etwas herum. Sie sind dann still und zufrieden und können mir nichts antun. Für mich sind dann alle Frauen schön. Vor allem, wenn sie im richtigen Licht sitzen. Gelb sollte es sein. Oder sie sollten Geburtstag haben. Ich liebe Frauen an ihrem Geburtstag.

Die Frau vor jener Villa sollte der erste Avatar sein, den Varn ansprechen würde.

In der Welt vor meinem Fenster täte ich dergleichen nie. Frauen dieses Typs geben mir keinen Grund, sie anzusprechen. Sie wirken, als hätten sie etwas Besseres verdient. Zumindest scheint es, als hätten sie nicht jemanden wie mich verdient, denn ihr ganzes Sein ist auf Haben ausgerichtet. Frauen wie jene dort erscheinen kostspielig, und ich habe nichts vorzuweisen. Wie würde sie auf Varn, den Hässlichen, reagieren? Würde sie seine Annäherung als Überschätzung seiner selbst deuten? Würde sie ihn gar auslachen?

Aber was kümmerte mich das? Ich befand mich nicht in der Welt vor meinem Fenster, nicht irgendwo auf der Straße oder in einem Vorgarten wie jenem dort, zusammen mit einer bildschönen Frau, sondern in jener Welt. Sie würde lediglich Varn sehen und über ihn das erfahren, was ich ihm gestattete preiszugeben. Meine eigene Körpersprache würde mich nicht verraten. So würde es nicht viel sein, was sie über mich selbst erfuhr. Ich würde ausschließlich über mein Buch sprechen. Allein Varns Äußeres konnte ihr ein Hinweis sein, dass ich mich von allen anderen unterschied. Und das könnte sie neugierig machen, so hoffte ich. Vielleicht wollte sie erfahren, wieso da jemand unförmig wie eine Wurst durch dieses Paradies stapfte, und auch, wer dahinter steckte. Dazu musste sie mit mir in Kontakt treten, denn bisher sah sie nur Varn, den Avatar. Sein Schöpfer war hinter ihm verborgen, wie sie selbst hinter ihrem Avatar verborgen blieb. Und sie, die Schöpferin hinter ihrem Avatar, das gebe ich zu, interessierte mich mehr als dieses perfekte Blendwerk. Denn sie, die Schöpferin, würde für mich und mein Anliegen empfänglich sein, so hoffte ich. Ich würde also zunächst ein wenig mit ihr plaudern, ein wenig mit ihr spielen, um dann meine Botschaft loszuwerden.

Ich sah, wie sie Varn kurz musterte, dass mir das Herz stockte. Dann eilte sie auf ihn zu. Mein Plan ging offenbar auf, obwohl dieses kurze Stocken meines Herzens mich sein Gelingen hatte bezweifeln lassen. Jetzt aber war bewiesen, dass er klug genug durchdacht gewesen war.

Sie blieb direkt vor Varn stehen. Ihr Gesicht war viel feiner gebaut als Varns. Wie viel Zeit musste sie darauf verwendet haben, es so perfekt herzurichten. Ich selbst hatte Stunden selbst für meinen Varn benötigt. Zu dreitausend sinnvoller Mimiken soll ein Mensch mit seinen sechsundzwanzig Gesichtsmuskeln in der Lage sein. Sie schlug die Augen nieder.

Ich war gerührt und zugleich verwundert, weil mein Varn zu solch einer Regung gar nicht fähig war. Offenbar konnten die Gesichter der Avatare doch feiner gesteuert werden. Ich ließ Varn grüßen. Noch bevor ich irgendetwas fragen konnte, wurde Varn hilflos hin und her gerissen. Von einer Seite des Grundstückes zur anderen wurde er geschleudert, jagte auf die Schöne zu, dann wieder von ihr weg und raste schließlich auf und davon, pflügte jegliche Materie durchdringend und so ad absurdum führend, durch Häuser, Bäume, Hügel bis ins nahe Meer, tief unter Wasser. Und ich konnte nichts dagegen unternehmen. Als hätte mich jemand mit einer Schusswaffe bedroht, so riss ich am Rechner meine Hände hoch, die bis dahin über der Tastatur geschwebt hatten. Sollte ich Varn einen falschen Befehl erteilt haben? Immerhin war ich damals noch nicht vollständig mit allen Bedienelementen für meinen Varn vertraut. Oder war ich gar einem Systemfehler zum Opfer gefallen?

Als die wilde Fahrt ihr Ende gefunden hatte, schickte ich Varn daher auf den Weg zurück zu jenem zauberhaften Wesen, von dem er so jäh fortgerissen worden war. Das war nicht sonderlich schwer, denn ich hatte mir zum Zeitpunkt seiner Ankunft vor der Villa eine

Marke in jener Welt gesetzt, die ich beliebig oft ansteuern konnte.

Als Varn sich ihr wieder näherte, bemerkte ich, dass er dabei eine weiße Linie überschritt.

Varn sagte zu der Schönen, dass da etwas sehr Seltsames aufgetreten sei und ob sie ihm das erklären könne, weil sie vielleicht selbst einmal dergleichen erlebt habe. Statt einer Antwort bildete sich um Varn herum eine Art Käfig aus dicken, schwarzen Eisenstangen. Erneut begann die Raserei, jetzt im Käfig gefangen, noch weiter entfernt von dieser Stelle endend, und das erstaunte mich umso mehr, denn ich hatte bestimmt keinen falschen Befehl erteilt.

Ich entließ Varn aus seinem Gefängnis, was zuvor in ihrer Nähe unmöglich gewesen war, aber hier, tief im Meer, keine Schwierigkeit machte. Fest entschlossen, der Sache auf den Grund zu gehen, ließ ich Varn zurückkehren. Diesmal kam er ihr sogar wieder so nah wie zu Beginn. Jetzt jedoch stand neben ihr ein Mann, ein Hüne wie Varn, aber natürlich viel schöner. Hinter seiner blendenden Fassade lauerte allerdings ein schmutziges Zimmer, wie ich bald feststellen musste.

Noch bevor ich Varn etwas sagen lassen konnte, sah ich den Kerl schon schreiben, ich solle mich verpissen. Dabei bewegten sich seine Hände über eine imaginäre Schreibmaschine in der Luft vor ihm, was ungemein lächerlich wirkte. Er habe mich jetzt schon zweimal von seinem Grundstück entfernt, weil ich seine Freundin belästigt habe. Wenn ich jetzt nicht verschwände, gäbe es Ärger. Sie hätten schon in der gemeinsamen Wohnung kaum Zeit füreinander, und so sei es eine Frechheit, dass sich selbst hier in ihr Privatleben eingemischt würde.

Dann hockten sie beide also jetzt in der Welt vor meinem Fenster genau in diesem Moment in ihrer kleinen Wohnung jeder vor seinem Rechner, als wäre die Welt um uns herum nicht bereits unecht genug, fragte ich. Das ginge mich einen Scheißdreck an, schrieb er. Und sie hockten dort, fragte ich weiter, um sich in jener Welt in jenem Haus mit dem bezaubernden Garten davor zu treffen, um dort ihren wunderschönen Larven Dinge zu erlauben, die sie selbst vielleicht niemals in der Welt vor meinem Fenster tun würden oder sich nicht leisten könnten? Ich würde mit meinem Leben spielen, schrieb er. Das sei ja wohl kompletter Unsinn, schrieb ich. Ob sie sich denn belästigt gefühlt habe, fragte ich die Frau. Daraufhin wurde Varn erneut in den Ozean geworfen. Jetzt war ich gereizt, ein Löwe, und kehrte sofort zu diesem Haus zurück, hütete mich aber, die zuvor bemerkte Linie zu überschreiten. Der Kerl wachte immer noch mitten auf der Wiese seines Vorgartens. Sie indes war verschwunden.

Was ihm einfiele, mich so zu behandeln, legte ich Varn in den Pixelmund. Er würde noch mehr tun als das, las ich von ihm. Wenn ich mich nicht augenblicklich von der Grenze seines Grundstücks zurückzöge, würde er andere Maßnahmen ergreifen. Um das zu bekräftigen, blieb er auf der anderen Seite der Linie fast unmittelbar vor Varn stehen.

Er schien gerade so erhitzt wie seinerzeit der Budenbesitzer an der Ecke in der Welt vor meinem Fenster,

als ich eines Nachts die Glasscheibe, die seinen Ver-
kaufsraum nach draußen verschließen konnte, beiseite
geschoben hatte.

Ich hatte ihn drinnen vor dem Fernseher hocken
sehen, und er hatte sicher mehr Bier in sich hineinge-
schüttet, als ihm zuträglich gewesen war. Draußen
hatten ein paar seiner Gäste gestanden und sich laut-
stark über eine dieser vielen Nichtigkeiten unterhalten,
wie es die überwiegende Zahl der Bewohner meines
Viertels zu tun pflegt. Bei diesen hier drehte sich das
bierselige Geplänkel um eine Geschichte aus der Zei-
tung, derzufolge bei einem mit Blähungen im Bett sit-
zender Mann beim Entzünden seiner Zigarette sich
auch das unter der Bettdecke hervorströmende Gas
entzündet und so Haare und Augenbrauen und Wim-
pern und Bart versengt hatte. Mir war gar keine Wahl
geblieben, wollte ich nicht übermäßig lang vor dieser
zugeschobenen Glasscheibe warten. Also schob ich sie
kurzerhand auf und rief damit ein Gemütsunwetter bei
ihm hervor. Der Alkohol und die Wut ließen seinen
Kopf rot anlaufen, und da ich mich zwar nur schwach,
aber immerhin dennoch zu rechtfertigen suchte, wurde
seine Wut noch größer. Er war so betrunken erregt,
dass er kaum sprechen konnte, doch ich entnahm dem
Ganzen, dass diese Scheibe niemand außer ihm anzu-
fassen habe. Ich sah es seinen versoffenen Augen an,
dass er mich am liebsten verprügelt hätte. Unglückli-
cherweise mischten sich jetzt auch noch seine Gäste
ein, von denen vor allem einer mir penetrant dicht an
der Seite klemmte und unablässig wisperte, ich solle
mich verpissen, wenn ich Schlimmeres verhindern

wolle. Nur meine Gelassenheit und schließlich das Eintreffen seiner Frau konnte die Situation entschärfen. In jener Nacht erhielt ich zwar die von mir gewünschte Ware – Krämer bleibt halt Krämer – aber ich schwor mir, vor allem weil ich später kein Wort der Entschuldigung erhalten hatte, nie wieder etwas bei ihm zu kaufen. Seit damals verwalte ich meine Vorräte penibel, um nicht in einen Engpass in der Nacht zu geraten. Lediglich meine Pfandflaschen, vor allem die teuren, trage ich noch dorthin, wenn ich weiß, dass er nicht anwesend ist. Da ich diese Flaschen in einem anderen Laden zuvor gekauft habe, tritt er immer mal wieder kleinere Summen an mich ab, ohne dass er weiß, wer ihm diesen Schaden zufügt.

Mich in den Ozean zu werfen sei völlig sinnlos, schrieb ich jenem in jener Welt, denn schließlich könnte ich jederzeit hierher zurückkehren. Für ihn sei es also eine Sisyphusarbeit.

Er kannte das Wort und seine Bedeutung nicht, aber anstatt sie ihm nahe zu bringen, wollte ich wissen, welche Maßnahmen er also sonst noch für mich bereithalte. Das brauche mich nicht zu interessieren, denn ich sei ein Arschloch. Ich hätte ihm doch nicht das Mindeste angetan und auch nicht gewusst, wie das anzustellen sei, entgegnete ich. Ob er mich denn schlagen würde, fragte ich, was er bejahte. In meinem Kopf johlte ein Auditorium. Was für ein Idiot! Spaßeshalber trieb ich das Spiel weiter. Ich forderte ihn auf, Varn zu schlagen.

Die Fresse werde er mir polieren. Er möge nicht lange drum herumreden, sondern zeigen, was für ein

Kerl er sei. Er wütete, dass er mir den Kopf zertrümmern werde. Hahaha, lachte ich, ob ihm bewusst sei, dass er mir als dem Schreiber dieser Sätze keinesfalls gegenüberstehe, sondern nur sein Avatar meinem Varn. Genau das schien ihm nicht im Mindesten klar zu sein, so verschränkt, wie er bereits war. Er wolle mir so viele Schläge geben, dass ich nicht mehr laufen könne. Ich schrieb, er sei ein Wichser. Er schrie, ich sei ein ARSCHFICKER, eine MONGOLOIDE NIGGERSCHWUCHTEL, und er habe SCHON GANZ ANDERE zur Strecke gebracht.

Nun, Varn würde er nicht zur Strecke bringen, denn er hatte keine Macht über ihn, seit Varn jenseits der Linie stand. Über mich selbst hatte er ohnehin keine. Dieser hier würde mir nicht schaden können. Nicht so wie jener damals auf einem Bahnsteig mitten in der Nacht. Der war zwar noch jung gewesen, aber mit den Armen voller Mädchen und dem Kopf voller Hormone und Drogen gehörte ihm die Welt. Er platzierte sich direkt neben mir auf der Bank und stellte seine Vorzüge und seine Witzlosigkeit vor den Mädchen lauthals zur Schau, bis ich mich veranlasste fühlte, ihn zur Ruhe zu mahnen. Daraufhin trat er, in seiner Eitelkeit getroffen, mich, den Sitzenden, ohne Vorwarnung an den Kopf. Meine Brille musste ich mir im Dunkel des Bahnsteigs suchen, fand sie aber noch bevor dieser Bursche mit den beiden Mädchen abziehen konnte. Ich hatte später ein geschwollenes Auge und machte mir Vorwürfe, den Bengel verdroschen zu haben.

Dem Irren jener Welt jedoch blieb sein bisschen Macht lediglich auf seiner Seite der weißen Linie.

Gerade schrieb er, dass er mir die EIER ABREISSEN und anstelle meiner Augen IN DEN SCHÄDEL STOPFEN wolle. Als wäre das um ihn herum nicht schon unecht genug. Dabei traktierte er jene eingebildete Schreibmaschine mit wild fuchtelnden Armen wie ein Affe.

Ich wendete Varn jetzt von ihm ab mit der Genugtuung, einen armseligen Spinner zur Weißglut getrieben zu haben. Noch eine Weile konnte ich seine Verwünschungen lesen, als ich mich langsam zu Fuß im selben Bild entfernte.

## 5.

Zum Streit um Nichtigkeiten hatte ich Varn nicht erschaffen und in jene Welt geschickt. Trotzdem hätte ich gerne die Wut im realen Gesicht dieses Kerls gesehen.

In der Welt vor meinem Fenster sind wir in unserer biologischen Entwicklung zu Meistern des Gesichterlesens geworden. In der Regel genügt ein kurzer Blick in das Gesicht unseres Gegenübers, und wir wissen mehr über ihn, als er selbst glaubt, über sich preisgegeben zu haben. Wir haben unsere Meisterschaft so verinnerlicht, dass es uns nicht einmal bewusst ist, dass wir darin Meister sind. Meist wissen wir allenfalls unterbewusst, was wir dort überhaupt gelesen haben.

Dort indes stieß Varn auf Masken, wie Varn ja auch eine für mich war. Im Grunde ähnelten sich die Masken der Avatare stark, als hätten alle Schöpfer beim selben Ausstatter gekauft. Die bescheidene Mimik aber vollzog sich einem An- und Ausschalten gleich, in einer Art also, wie ich sie in der Welt vor meinem Fenster als künstlich und damit maskenhaft empfinde. Ich will das Bemühen, den Avataren ein natürliches Verhalten, den Ausdruck einer inneren Bewegung mitzugeben, nicht verurteilen. Dieses Bemühen zeugt von dem anscheinend unstillbaren Verlangen, jene Welt der Welt vor meinem Fenster so stark wie möglich anzugleichen, um sie im nächsten Schritt zu idealisieren. So, wie sie ihr Umfeld nett hergerichtet hatten, so wollten auch sie selbst besonders hübsch aussehen. Es schien nur einen knapp bemessenen Vorrat an Vorstellung, allesamt um das gleiche harmonische Prinzip kreisend, davon zu geben, was hübsch ist und was nicht. Ich weiß, dass sich das mit Erkenntnissen der Wissenschaft deckt. Trotzdem gibt es je nach geografischer Lage und Epoche in der Welt vor meinem Fenster weit mehr Vorstellungen davon, was hübsch ist.

Im Barock wäre niemand auf den Gedanken gekommen, eines unserer heutigen Schönheitsideale, das halbverhungert über die Bretter, die ihm die Welt bedeuten, taumelt, als schön zu empfinden. Welcher Afrikaner würde selbst heute einer Frau mit einem gehörigen Fettsteiß sein Bett verweigern? Von den zwar nur noch wenigen, aber doch noch vorhandenen Naturvölkern, weiß ich von Verstümmlungen der Lippen, der Verlängerung von Hälsen, dem Abfeilen von Zähnen. Sehr viel früher wurden noch Füße kleingebunden und Köpfe spitzgepresst. Da all diese Menschen aber wohl kaum den Zugang in jene Welt finden können, blieben solche Avatare ein Wunsch meinerseits. Ich hätte es begrüßt, wenn mehr Schöpfer den Mut zum Experimentieren gefunden hätten.

Neben ihrer maskenhaften Mimik und der Gestik ist es lediglich das Wort, womit sie überhaupt etwas wirklich im Moment des direkten Kontaktes zueinander ausdrücken in jener Welt. Daneben gibt es noch die Bilder, die Plakate, riesige Tafeln, mit denen jene Welt in manchen Teilen regelrecht verstopft ist. Wenn auf etwas kurz und deutlich verwiesen werden soll, dann sind Bilder sowieso unschlagbar. Um mehr Möglichkeiten der Verständigung zu haben, entschied ich mich, meinem Varn ein paar Bilder über mein Buch mitzugeben. In Gesprächen mit anderen Schöpfern würde ich diese Bilder verschenken können. Noch besser wäre es, wenn diese Bilder irgendwo in jener Welt zu betrachten wären. Denn wenn ich mich zur Ruhe legte, jener Welt also den Rücken kehren musste und deshalb meinen Rechner ausschaltete, so hatte Varn nichts Eiligeres zu tun, als zu verschwinden. Ich hatte es bei anderen Avataren gesehen, wie sie sich plötzlich auflösten im Pixeläther oder spektakulär in einem Blitz verpufften oder schlicht ausgeknipst wurden. Wenn Varn nicht mehr da war, wusste niemand von seiner Existenz außer den paar Bekannten, die er inzwischen gefunden hatte und die meinen Varn in einer speziellen Liste bei sich einsehen konnten, um dort etwas über ihn zu erfahren, was ich dort vermerkt hatte. Sie konnten beispielsweise erfahren, wann Varn geboren war, welche Neigungen er hatte, wo er sich am liebsten aufhielt, wie er aussah, ja selbst wer sein Schöpfer war. Aber vor allem erfuhren sie so, ob Varn sich gerade in jener Welt herumtrieb oder nicht, ob er also online war, allerdings nicht wo genau. Wenn Varn offline war, erfuhr kein Uneingeweihter etwas von seiner, von meiner Botschaft, und so überlegte ich mir, dass ich die Bilder zur Ausstellung bringen sollte. Dafür brauchte ich jedoch Land. Jedenfalls hatte ich das zu Beginn von Varns Reisen geglaubt. Später fand ich andere Möglichkeiten, um meine Bilder über mein Buch zur Schau zu stellen. Aber solange ich noch an das Land glaubte, brauchte ich zu dessen Erwerb Geld.

Geld!

Der Dämon unserer Existenz, das Maß für Knappheit, für die Begrenztheit der Ressourcen. Das Adenosintriphosphat der freien Marktwirtschaft. Ein künstliches Medium, das selbst künstlich knapp gehalten werden muss, damit es seinen Wert behält. Doch was sollte in jener Welt knapp werden? Etwa das Essen? Avatare essen nie. Die Wohnungen? Unsinn! Aber die Speicherkapazität ist knapp. Sie ist zwar riesig, aber sie unterliegt einer Beschränkung durch die Welt vor meinem Fenster. Also muss sie in geeigneter Weise aufgeteilt werden. Und wen wundert es nun, dass dafür Geld nötig ist? Uns fällt wohl nie etwas Neues ein.

Es braucht Geld, um bestimmte Gebäude zu betreten, es braucht Geld, um neue Kleidung zu kaufen. Selbst für das Heraufladen meiner Bilder brauche ich etwas Geld. Es war wirklich nicht viel, gemessen an der Menge, die ich in der Welt vor meinem Fenster benötige, obwohl auch das im Verhältnis zu dem, was andere für nötig halten, wenig ist. Und selbst das Wenige, was ich in der Welt vor meinem Fenster für nötig halte, wurde mir von anderen gestohlen, die entweder noch weniger hatten, sich auf schäbige Weise bereichern oder mich ärgern wollten. Ich glaube, dass das Letztere der Fall gewesen ist, denn das Fahrrad, das ich einmal besessen hatte, war ganz sicher nicht so viel wert, um sein Stehlen zu rechtfertigen. Und auch die

Jacke, die ich zum Trocknen auf die Wäscheleine gehängt hatte, war es nicht. Ich hatte damals den Verdacht, dass es die Rechtsradikalen waren, die zu dem Zeitpunkt, als die Diebstähle geschahen, regelmäßig in der Wohnung eines Gleichgesinnten in dem Haus verkehrten, das ich ebenfalls bewohne. Diese Dreckschweine! Man sollte überall in der Nachbarschaft Zettel verteilen, anonym natürlich, und sie so anprangern. Immer wieder. Vielleicht unter dem Namen einer scheinbar geheimen Gruppierung, die sie beobachtet. Ich wollte keine Zettel vor der Tür finden und darauf lesen müssen, dass jemand mich beobachtet, dass jemand weiß, was ich tue, dass jemand am Ende zum Handeln entschlossen ist. So was macht Angst. Über diese Leute hatte ich mich offen aufgeregt, denn ihre laute, gewalttätige Musik, ihr rohes Auftreten und ihr immenser Alkoholgenuss bedrohte meine Nachtruhe. Wenn sie dann pöbelnd und grölend umherzogen, muss ihnen mein Fahrrad ins Auge gestochen sein, das unbeaufsichtigt im Hinterhof gestanden hatte. Die trocknende Jacke hatte sie sicher ebenfalls gereizt. Natürlich brachte ich den Diebstahl zur Anzeige. Ich äußerte auch meine Vermutung bezüglich der Täter. Die Sachen habe ich dennoch nie wieder gesehen. Dem Himmel sei Dank, dass besagter Bewohner eines Tages aus dem Haus zog und damit auch das ganze Geschmeiß fernblieb. Gegen Ende war die Polizei bald jede Nacht aufgetaucht, einmal sogar am frühen Abend, als ich gerade aus der Dusche kam. Sie hatte bei mir geschellt und mich nur mit einem Handtuch bekleidet, warm dampfend und mit tropfenden Haaren angetroffen. Ich konnte ihnen keine Auskunft darüber geben, wer dort unten in der verhassten Wohnung die Randale begonnen hatte. Als wäre ich dabei gewesen. Als sähe ich so aus, als gehörte ich zu denen! Beim Rauschen des Wassers hatte ich noch nicht einmal mitbekommen, dass sie sich die Köpfe einschlugen. Mein Hausbewohner soll übel verdroschen worden sein von seinen Kumpanen, weil er offenbar nicht mehr Teil ihrer Gruppe hatte sein wollen. Mein Mitleid hielt sich in Grenzen. Er hatte nicht verhindert, dass mir meine Sachen gestohlen worden waren. Dabei musste er wissen, dass sie mir gehört hatten und dass ich zu dem Zeitpunkt auch darauf angewiesen gewesen war. Man scheißt nicht in sein eigenes Haus! Nun, ich habe dies alles überwunden und mir Besitzlosigkeit zu eigen gemacht. Heute könnte man mir noch nicht einmal ein Fahrrad stehlen, weil ich keins mehr besitze. Geld besitze ich auch nicht und brauche auch in der Regel fast keins.

Aber dort, in jener Welt, musste ich welches haben. Selbst ohne diese verhältnismäßig winzige Menge konnte ich noch nicht einmal die Bilder verschenken. Um Land zu erwerben, brauchte ich verhältnismäßig viel Geld. Dafür musste ich arbeiten.

Arbeiten! Ein Irrsinn.

Ich sah Avatare die Fußböden schrubben, andere fegten das Trottoir, andere tanzten sich die virtuellen Füße wund, wieder andere saßen auf Bänken herum. Sie alle erhielten in zehn Minuten zwei bis drei Dollar jener Währung. Um ein einziges Bild hochzuladen, benötigte ich zehn Dollar, musste also über eine halbe

Stunde auf einer Bank – von diesen gab es einige, aber sie waren heiß begehrt – sitzen und durfte mir anhören, wofür dieses Geld von anderen ausgegeben wurde. Um es kurz zu machen: Es waren lauter Kinkerlitzchen.

Ich las viele dieser nichtssagenden Gespräche, beteiligte mich an einigen, um zu erfahren, wie viele Schuhe, Glitzerbänder und Kleidchen sie bereits erworben hatten, ob sie denn nie genug davon bekommen konnten, wie tief das Weibchengehabe denn in ihnen steckte und ob sie daran dächten, dass wir alle alt würden und einmal sterben müssten. Ob ein Leben, das sich dem Stylischen verschrieben hatte, überhaupt von Wert sei. Ob Party machen, shoppen oder schlafen tatsächlich Hobbies seien. So zog ich mir allerhand Aufregung zu. Ich selbst dachte aber nur daran, dass ich irgendwann die einhundert Dollar beisammen haben würde, um dann das Land zu kaufen und dort die Bilder meines Buches zu präsentieren.

Als es endlich so weit war nach schier endloser Sitzerei, währenddessen ich mein Buch überhaupt nicht erwähnte, weil ich noch nicht zu viele Erwartungen schüren wollte, denn bisher hatte ich noch keine Bilder zum Herzeigen, und außerdem hätten die durch mich aufgebrachten Weibchen es ohnehin nur schlechtgemacht, suchte ich mir ein hübsches Plätzchen, das zum Verkauf stand. Es lag in einem stillen Hain, umgeben von anderen Plätzchen, auf denen riesige Plakate in den Himmel stachen. Doch wenn ich geglaubt hatte, es ohne Weiteres erwerben zu können, so sollte ich sofort eines Besseren belehrt werden. Denn: Ich war nicht berechtigt, hier Land zu erwerben, weil ich kein Premiummitglied war.

Hatte ich nicht gehofft, eine Welt vorzufinden, die sich von der vor meinem Fenster in allem unterschied? Eine Welt, in der die Fantasie herrschte, in der die Regeln der Gesellschaft vor meinem Fenster zumindest ein wenig durchbrochen waren? Nun, sie waren es nicht, und offensichtlich langte die Welt vor meinem Fenster in diese künstliche hinein wie ein Krake. Zumindest wenn ich etwas aufbauen wollte, war ich gezwungen, eine direkte Verbindung zwischen beiden Welten herzustellen. Diese Verbindung sollte mein Bankkonto sein. Da mir aber alles recht war, um meine Botschaft zu verbreiten, entschloss ich mich, diese Verbindung herzustellen. Die Wochen, bis meine Kreditkarte ausgestellt war, machten mich dumm vor Erwartung. Dann zahlte ich noch eine kleine Gebühr an die Betreiber jener Welt und war fortan Premiummitglied. Wenig später dann Besitzer jenes Stückes Land. Dazu war ich in dieser Zweiklassengesellschaft, ach, was sage ich, Dreiklassengesellschaft – denn es muss zwischen den völlig Besitzlosen, denen, die sich ein wenig Geld ersessen hatten, und solchen, wie ich es jetzt war, unterschieden werden – aufgestiegen. Ich bedauerte die Zeit, die Varn in jener Welt herumgehockt hatte. Ich hätte ihn doch bei all den gehässigen Fragen, die er anderen Avataren gestellt hatte, auch die stellen lassen können, die sich auf die genauen Umstände zum Landerwerb bezogen.

Nun, die verschwendete Zeit war nicht zurückzuholen. Es kostete mich noch mehr Zeit, um auf dem

Land meine Bilder aufzustellen. Ich wollte ein Gebilde, einen riesigen, hohlen Würfel, tapeziert mit meinen Bildern, ein Monument, so herrichten, dass ich es auch anderswo platzieren konnte. Am Ende stand es jedenfalls da, groß und dekorativ und beeindruckend, wie ich fand. Varn konnte Kopien davon überall hin mitnehmen. Varn konnte auch jeden dorthin einladen.

Ich sah zu, wie er den Avataren zusah, wie sie drumherum flogen und darin auf und nieder stiegen. Am Ende stellten sie sogar Fragen, und manchmal erhielt ich das Versprechen, das Buch zu lesen. Später dann könnte ich mich mit den neu gewonnenen Lesern austauschen, und es wäre mir eine große Freude, wenn mein Buch Gefallen gefunden hätte. Dann würde ich Varn auf die Schulter schlagen und ihm zurufen, dass er seine Sache gut gemacht hatte. In mir keimte die Gewissheit, dass wir den richtigen Weg eingeschlagen hatten.

Insgeheim erwog ich, den Vertrag mit Ablauf seiner Frist zu verlängern, denn bisher hatte ich Varns Aufenthalt in jener Welt ein klares Ende gesetzt. Im Moment hoffte ich jedoch nur, den von mir eingesetzten Betrag, mein Eintrittsgeld in jene Welt der Besitzenden, durch die Verkäufe meines Buches doch noch auszugleichen.

Doch zuvor gab Varn Geld aus. Natürlich für allerhand Kinkerlitzchen. Er erwarb einen Sportwagen, eine Jacht, er nahm Flugstunden, er pflanzte Bäume auf seinem Grundstück. Dies alles nur, damit er mit anderen ins Gespräch kommen konnte. Gelegentlich bestach er andere Avatare, ihren Sitzplatz oder Tanzplatz zu verlassen, um ihm auf sein Land zu folgen und das Monument anzusehen. Und viele folgten ihm, denn für eine Summe, für die sie stundenlang hätten sitzen oder tanzen müssen, brauchten sie nur den Bruchteil dieser Zeit zu opfern. Außerdem schien es für viele verlockend zu sein, mit jemandem zu reden, der ein klares Ziel vor Augen hatte. Gelegentlich kaufte sogar jemand ein Buch.

Wochen und Monate vergingen, und es hätte bis zum Ende der Kündigungsfrist so weiterlaufen können.

## 6.

Während dieser Zeit musste ich darauf achten, durfte ich es nicht zulassen, dass sich die Grenze zwischen beiden Welten verwischte. Vor allem wollte ich nicht so enden wie dieser schreiende Kerl. So dachte ich damals, im Markt an der Ecke stehend nach meinem Verschränkungserlebnis und dem vorgeschobenen Kopfschmerz. Ich war ja so naiv. Bereits dem Anfang wollte ich wehren. Aber hatte ich nicht schon dafür gesorgt, dass diese Grenze verwischte? Hatte ich nicht Voraussetzungen genug dafür geschaffen, die Trennung immer weniger vollziehen zu können? Bot meine Wahl, nur am späten Abend bis tief in die Nacht jene Welt zu betreten, nicht ein Milieu, das mein Versinken in jene Welt begünstigte?

Nur in der Nacht drang der Lärm der Welt vor meinem Fenster nicht bis zu mir. Nur in der Nacht war das Wesen aus Stahl, das sich unaufhaltsam über die Hauptstraße wälzte, verschwunden. Fünf Ampeln zerhackten es tagsüber in Stücke, trennten seine Beine ab, aber aus den Seitenstraßen wuchsen ihm sofort Neue. Die Luft war nur in der Nacht nicht von seinem Grollen in Schwingung versetzt. In der Nacht quäkten nur noch vereinzelt Hupen, nervend wie quengelnde Kinder. Nur des Nachts fuhr kein Eismann, kein Klüngelkerl, rumorte kein Straßenbauarbeiter, klapperte keine Müllabfuhr, heulte kein Rasenmäher. Lediglich einsame Sirenen dopplerten kurz auf Höhe der Zufahrten zur Hauptstraße. Dort draußen herrschte also größtenteils Stille. Drinnen aber eroberte jene Welt meinen Kopf. In dieser labilen Situation könnte ich sehr wohl den Bezug zur Wirklichkeit verlieren wie manch andere, über die ich im Fernsehen erfahren hatte.

Jene hatten sich beinahe völlig aus der Welt vor meinem Fenster geloggt. Jene Welt war ihnen realer und vor allem besser installiert als diese, und so verbrachten sie ihre ganze Zeit dort und hatten sich ganz und gar darauf eingelassen. Diese Armen gingen nicht mehr zur Arbeit. Weiß der Himmel, wie sie ihren Lebensunterhalt bestritten. Wahrscheinlich überhaupt nicht selbst, sondern lösten in der Regel das Problem, indem sie sich versorgen ließen. Sie machten keine Besuche, ernährten und kleideten sich nur dürftig und verzweifelten, wenn der Zugang in jene Welt etwa durch einen Systemfehler gleich welcher Art versperrt war. Sie waren also, obwohl sie es nicht wollten, immer noch mit der Welt vor meinem Fenster verbunden über eine Nabelschnur, die in ihren Rechnern festgewachsen war, die sie sozusagen ernährte wie einen Embryo. Diese armen Hunde würden nicht einmal die Erfahrung, die ich im Markt an der Ecke machte, mit mir teilen können. Die Intervalle, in denen die Außenwelt sich mit der jener Welt verbindet, in der sich beide Welten miteinander verschränken, werden länger, und die Zeit klarer Trennung wird kürzer. Am Ende wird der Wechsel gar als störend, ja als frustrierend empfunden, und es muss eine Entscheidung getroffen werden, die je nach Typ unterschiedlich ausfallen mag. Die Schwachen wählen die einfache Variante, denn dass das Leben in jener Welt um ein Vielfaches einfacher ist als in dieser, der Welt vor meinem Fenster, ist unbestreitbar.

Mein Aufenthalt in jener Welt hatte aber auch sein Gutes.

Bisher hatte ich geglaubt, dass es sich nicht lohne, mit den Idioten meines Viertels mehr Worte zu wechseln, als unbedingt nötig waren. Bisher hatte jedes überflüssige Wort meine Unruhe heraufbeschworen. Durch meine Unbefangenheit in jener Welt aber hatte ich zumindest dort meine Scheu, meine Abneigung vor anderen beinahe vollständig abgelegt. Dort sprach ich jeden an, den ich für meine Botschaft empfänglich hielt. In der Regel waren es Frauen, die ich benutzte. Zumindest sahen sie wie Frauen aus, was sie in der Welt vor meinem Fenster nicht zu sein brauchten – auch das hatte ich bereits festgestellt. Bei Alida war ich auf Nummer sicher gegangen und hatte Varn sie fragen lassen, ob sie denn auch tatsächlich eine Frau sei.

Lol (laughing out loud) ... natürlich sei sie eine Frau, und was für eine.

Hier könne ja jeder alles behaupten, hatte ich geantwortet. Wahrscheinlich sei ich sowieso einer der wenigen, die offen vor die anderen hintreten und behaupten können, und jeder könne ihre Behauptungen sofort überprüfen. Zur Antwort schenkte sie mir ein Bild von sich selbst, und ich war sehr zufrieden.

Bei anderen weiblichen Avataren bestätigte sich in der Regel erst im Gespräch, dass ihre Schöpfer Frauen waren. Obwohl: Als mir einmal ein weiblicher Avatar zur freien Verfügung überlassen wurde, gelang es mir immer, männliche Avatare zu täuschen. Die weiblichen, hinter denen Frauen als Schöpferinnen steckten, merkten erst, wenn ich mich gar zu männlich gab, dass sie einer Täuschung durch mich erlegen waren. Dann war das Gelächter groß. Anschließend waren sie umso interessierter an meinem Buch. Denn Frauen lesen. Viele lesen zwar auch Unsinn ohne Tiefgang, aber sie lesen.

Ich fragte die Frau vom Markt an der Ecke, ob sich ihre Probleme mit der Überschwemmung hatten lösen lassen, und sie erzählte, sie hätte den Teppich einer ganzen Etage austauschen müssen. Ich stellte mir das als sehr aufwändig vor, und sie konnte dem nur beipflichten. Sie hätte aber Hilfe durch die Leute in ihrem Haus gehabt. Mir kam in den Sinn, dass mir sicher kaum jemand bei so etwas helfen würde, denn in meinem Haus sind mir alle fremd. Glücklicherweise lebe ich nicht im Parterre, sondern im dritten Obergeschoss, so dass ich keine derartige Katastrophe zu befürchten habe. Es ist beinahe ausgeschlossen, dass etwas bis zu mir in die Wohnung gelangt, was ich nicht eingeladen habe. Nur beim Öffnen des Toilettendeckels rechne ich bisweilen damit, dass etwas von unten heraufgestiegen ist. Eine Ratte beispielsweise. Diese Biester sollen ja erstaunliche Kletterleistungen vollbringen können. Bisher aber bin ich von einer solchen Begegnung verschont geblieben. Wahrscheinlich ist das dritte Obergeschoss doch zu hoch für sie. Wahrscheinlich riechen sie keine Nahrungsreste mehr bis zu sich herunter und haben so keinen Anreiz, die Mühe auf sich zu nehmen um bis zu mir heraufzuklettern. Eigentlich hatte ich auch aus diesem Grund die Wohnung in dieser Höhe bezogen. Lediglich ein Hund hatte sich einmal bis zu mir heraufgewagt, natürlich nicht durch das Abwasserrohr, sondern über die Treppe. Ich hätte seinen Ausflug gar nicht bemerkt, hätte er nicht direkt vor meiner Tür sein Geschäft verrichtet. Man stelle sich das vor! Er musste sich nach dem Erklimmen der Treppe vor meine Tür gehockt und dann die Wurst rausgepresst haben. Alles im Dunkeln. Der Geruch im Hausflur nach dem Öffnen der Tür hatte mich an Erbrochenes erinnert. Ich hatte gedacht, dass jemand ins Treppenhaus gekotzt hätte. Da hatte ich das Licht noch nicht eingeschaltet, stand aber schon mitten im Unglück. Ich habe den Haufen dann selbst beseitigt. Natürlich hätte ich jemanden dazu zwingen können, es zu tun, schließlich haben drei der sieben Mitbewohner einen Hund. Aber wie hätte ich beweisen sollen, welches Tier das gewesen war? Dabei kam der ganz kleine sicher nicht in Frage angesichts der Größe des Haufens. Der Kampfhundmischling wohl auch nicht, denn sein Besitzer lässt ihn nie unbeaufsichtigt laufen. Blieb nur der feige Köter. Der Haufen stank auch irgendwie feige. Der Besitzer des Feiglings, dessen Namen ich nicht einmal kenne, ist selbst ein armer Hund. Wenn ich den gezwungen hätte, die Scheiße einzusammeln, dann hätte der sich am Ende noch umgebracht. Nicht nur wegen des Haufens, sondern auch, weil er um einen Feind im Haus gewusst hätte. Außerdem hatte die Eingangstür sehr häufig aufgestanden in der Zeit. Auch die Tür zu den Mülltonnen hatte sehr häufig aufgestanden in der Zeit. Es könnte also auch ein Tier von der Straße heraufgekommen sein, dann das ganze Treppenhaus erklommen, dann an meiner Tür gehalten, geschnüffelt und dann gedacht haben, dass nach einem so weiten Weg ein Zeichen gesetzt werden muss. Hier, in diesem unentdeckten Land, wo sonst noch kein Hund gewesen war.

Da ich mich von meinem Verschränkungserlebnis wieder erholt hatte, raffte ich ein paar Lebensmittel aus dem Regal zusammen und verabschiedete mich sogar bei der Frau vom Markt an der Ecke. Ich musste mich über mich wundern. Die Frau riet mir, eine Tablette gegen die Schmerzen zu nehmen.

Als ich zu Hause ankam, wartete Varn in den Tiefen des Rechners auf mich. Ich würde sein Leben nicht über die bisher gesetzte Frist hinaus verlängern, und das aus zweierlei Grund.

Zum einen war nach dem zuvor Erlebten in mir die Sorge gekeimt, den klaren Blick auf die Grenze zwischen der Welt vor meinem Fenster und jener Welt zu verlieren. Aber die Tatsache, dass ich die Gefahr gesehen hatte, bedeutete für mich noch nicht, sie bereits gebannt zu haben. Hätte ich mehr Angst vor einer Verschränkung beider Welten gehabt, so wäre ich überhaupt nicht mehr in jene Welt eingedrungen. So aber würde ich mir gestatten, sie nur noch einmal wöchentlich aufzusuchen. Das würde sogar einen weiteren Effekt nach sich ziehen. Ich würde mich wieder auf den Besuch jener Welt freuen können!

Denn zum anderen hatte das Ausstellen meiner Bilder zwar für kurze Zeit einen neuen Aspekt in meiner Tätigkeit gebildet. Trotzdem war in mir die Abneigung gewachsen, wieder und wieder auf andere zuzugehen, um sie für mein Buch zu interessieren. Die übermächtig herrschende Oberflächlichkeit, das übliche Geschwätz, das übliche vorausgehende Geplänkel dort, bevor ich zum Wesentlichen kommen konnte, wurde mir auf die Dauer zu langweilig, zu mühselig, ging mir zunehmend auf die Nerven, stieß mich zunehmend ab, was immer passiert, wenn ich den Gegenstand der Gespräche nicht kenne und auch nicht kennen will oder ihn sogar erahne und für unwichtig halte. Denn was bedeutet es schon, wenn darüber diskutiert wird, wer wen wann gesehen oder nicht gesehen hat, wann der und der wieder zu sehen sei oder ob man sich nach anderen umsehen müsse. Partygeschwätz! Keine gemeinsamen Erlebnisse, keine echten Erlebnisse also. Selbst die Frau aus dem Markt an der Ecke hatte mehr zu bieten.

Es waren ohnehin nur ganz wenige, die mein Buch bisher gelesen hatten, und so glich sein Verkauf meinen finanziellen Einsatz in jener Welt gerade aus. Bei nur einem Besuch in der Woche würde ich mich möglicherweise wieder mehr darauf freuen können, etwas Werbung für mein Buch zu machen. So konnte ich vielleicht meine Auftritte dort bis zur Frist durchhalten.

Um meiner Entscheidung Nachdruck zu verleihen, kündigte ich schon jetzt mein Verhältnis zu jener Welt, damit ich es auf gar keinen Fall vergessen konnte, wenn es erforderlich sein würde.

# 7.

Bis dahin konnte ich aber mit Varn tun, was ich mit ihm vorhatte. Meine Herangehensweise würde sich jedoch ändern. Mit der Frist im Nacken und bei meinen nur noch wöchentlichen Besuchen durfte ich nicht mehr so viel Zeit verschwenden. Das lockere Geplänkel musste wegfallen, mein Einsatz musste besser geplant, musste gestrafft werden, und so musste ich die Katze sofort aus dem Sack lassen. Ich weiß, dass sowas nicht sehr geschickt ist, denn die Menschen brauchen für alles eine geeignete Verpackung. Ein Geschenk ohne Verpackung ist kein Geschenk, sondern allenfalls ein Mitbringsel. Ja, oft ist die Verpackung aufwändiger als das Geschenk selbst.

Ich kann mich an ein Geschenk erinnern, das mir in meiner Kindheit überreicht wurde. Riesig war es, ein Würfel von fast einem halben Kubikmeter Größe, mit Schleifen und Bändern überladen, und ich hatte Vorstellungen von dessen Inhalt, die an Wahnsinn grenzten. Nach dem Entfernen der monströsen Verpackung fand ich schließlich zwischen all dem Zeitungspapier, mit dem der Würfel vollgestopft war und das ich schon hatte wegwerfen wollen, einen Federhalter. Winzig klein war das Geschenk, wo ich mir doch zumindest etwas von der Größe eines Fußballs erhofft hatte.

Dieser Federhalter hingegen war nach anfänglicher Enttäuschung doch mehr als ein Fußball, so kann ich heute versichern, denn Fußball spiele ich überhaupt nicht mehr, wohingegen das Schreiben zu meiner Leidenschaft geworden ist. Die Verpackung hatte mich auf die falsche Fährte geschickt. Andererseits ist mir das Geschenk nur durch seine Verpackung in Erinnerung geblieben. Oder besser: Durch die Verpackung ist mir der Akt des Schenkens in Erinnerung geblieben. Damals gab es nur selten solch große Geschenke, und so aufwändig wie jenes ist auch später keines gewesen. Allerdings hat auch nie wieder eines solche Erwartungen geweckt.

Die Verpackung lenkt immer ab und weckt Hoffnung, die in der Regel nicht erfüllt wird. Das trifft im Übrigen auch auf Menschen zu. Es ist bekannt, dass Kleider Leute machen, und da nahezu jeder mittels seiner Kleidung von körperlichen und auch geistigen Makeln abzulenken versucht, sind wir alle von den Fassaden anderer Menschen umgeben. Ich will mich da überhaupt nicht ausnehmen, schließlich war mein ganzer Auftritt in jener Welt durch eine wohl durchdachte Fassade geprägt.

Ich wollte zumindest meine sprachliche Vorgehensweise betreffend ab sofort keine Verpackungen mehr, und darum mein Entschluss, das Geplänkel zu unterlassen und sofort auf das Wesentliche zu kommen.

Allein darin besteht in jener Welt eine Gefahr. Indem ich so vorging, trug ich unmittelbar einen Teil der Welt vor meinem Fenster in jene andere Welt hinein. Ich würde den Schöpfer hinter dem Avatar unvermittelt entblößen und so all die Eingelullten aufwecken. War es nicht das Ziel der meisten dort, genau dieser Welt zu entfliehen? Würden die Menschen überhaupt an solch einer direkten Verschmelzung interessiert sein? Wäre ich nicht zu aggressiv?

Aber ich hatte ja keine Wahl, wenn ich die verbleibende Zeit so gut als möglich nutzen wollte. Und so schritt Varn von nun an auf andere Avatare zu, stellte sich kurz vor und eröffnete ihnen dann den Grund seines Daseins.

Welch eine Erleichterung!

Obwohl meine Attacken für ungewöhnlich gehalten wurden, ließen sich auch weiterhin die Avatare auf mich ein, ja sie schienen ebenfalls erleichtert zu sein, dass es bei mir sofort zur Sache ging. Weiterhin folgten sie mir zu meinem Monument. Vier davon hatte ich inzwischen gar in die Ecken eines Fußballstadions kopieren können. Offenbar war ich nicht der Einzige, dem das sinnlose Geplauder kostbare Zeit stahl. Offenbar gab es ein stärkeres Bedürfnis, in die Tiefe zu gehen, als ich erwartet hatte. Am Ende war das Geplänkel der anderen Avatare lediglich eine Reaktion auf mein eigenes Geschwätz gewesen? In einer Sandbox, einer Gegend also, auf der jeder sich im Bauen üben konnte – hier hatte ich probehalber mein Monument ebenfalls errichtet, es dort aber nicht hatte stehen lassen dürfen – stieß Varn auf Alida.

Im Grunde hatte ich nur meinen Streifen durchgezogen und wie zuvor jeden Avatar angesprochen, der nicht gerade mit anderen zu tun hatte. Solche Avatare zogen mich tatsächlich magisch an, wenn sie gleichsam verloren in einer Ecke standen wie die Mädchen auf einem Ball, die niemand zum Tanzen auffordert. Dann kam ich daher, der Tänzer, der Verführer, und rettete sie aus der Einsamkeit.

Alida war eine Schönheit wie die meisten weiblichen Avatare, und so war sie mir nicht durch ein außergewöhnliches Äußeres aufgefallen. Aber sie stand allein in einer Ecke. Weil ich kein Geplänkel mehr duldete, setzte ich sie sofort über mein Anliegen in Kenntnis.

Sie war überaus interessiert, folgte Varn zu meinem Monument und studierte es ausgiebig. Für gewöhnlich wurde ich von den Avataren gefragt, ob es lange dauert, solch ein Buch zu schreiben, was ich bejahte, ob ich noch andere geschrieben hätte, was ich verneinte, und immer wieder, ob ich davon leben könnte, was ich dem genetischen Strickmuster der Weibchen zuschreibe. Ob Schreiben dem Kopf seinen Wahnsinn gestattet, fragt niemand. Ob Wörter benutzt werden, um alles erträglich zu machen auch nicht. Sie hingegen fragte nichts dergleichen, sondern bestellte das Buch sofort. Ich war ganz aus dem Häuschen. Wenn sie schon einen schreibenden Menschen kennen lernen würde, dann wolle sie auch wissen, was dieser Mensch zu sagen habe, schrieb sie. In wenigen Tagen würde das Buch sicher bei ihr eintreffen, und dann würde sie es auch sofort lesen.

Was mir außer meinem Buch noch wichtig sei, fragte sie auch noch.

Alles, was ich tue, sei mir wichtig, antwortete ich, denn sonst täte ich es nicht.

Das sei eine kluge Antwort, schrieb sie. Sie hoffe nur, dass es in meinem Buch auch um Liebe gehe. Sie sei da etwas sentimental. Ich entgegnete, dass sie da ja eine ganz besondere Frau sein müsse, denn alle anderen Frauen hielten die Liebe für ein bloßes Hirngespinst wie so vieles, an was wir Menschen glauben, und dass viel zu viel Gewicht darauf gelegt würde. Aber es sei doch ein ganz elementares Gefühl, dem sich wohl niemand entziehen könne, schrieb sie. Da würde sie mich noch nicht kennen, der ich mich weigere, der Inflation des Wortes Liebe Vorschub zu leisten, witzelte ich zu meinem Erstaunen und lachte mir ins Fäustchen, führte noch mehr meiner früheren Argumente ins Feld, wie etwa die starke Hormonabhängigkeit dieses Gefühls und dass der freie Wille sowieso nur Illusion sei, dass sich also eigentlich niemand bewusst für einen bestimmten Partner entscheidet. Dabei ging es mir zu meinem Erstaunen nicht wie sonst darum, meinen Standpunkt deutlich herauszustellen und damit den anderen mundtot zu machen, sondern um ihre Reaktion zu provozieren. Und die ließ nicht auf sich warten.

Alida meinte, ich würde sie schon bald so lieben, dass ich nicht mehr von ihr lassen könnte, was ich rigoros bestritt. Sie blieb zuversichtlich. Auf Knien würde ich angerutscht kommen, würde sie anflehen, etwas von ihrem Leben mit mir zu teilen. Sie habe darin ein Talent, und sie würde jedes Mittel nutzen, mich in diesen süßen Taumel zu versetzen.

Da würde sie sich die Zähne ausbeißen bei mir, versicherte ich und freute mich, auf jemanden gestoßen zu sein, dem zum Erreichen seines Ziels ebenfalls jedes Mittel recht war.

„Lol", schrieb sie. Sehr hartnäckig und einfallsreich sei sie darin. Das würde ich schon noch merken. So harte Knochen gebe es gar nicht, als dass sie von ihr nicht zu erweichen seien. Was mir die Frauen nur angetan hätten?

Nun, sie hätten mir bestimmt nicht mehr oder weniger als jedem anderen angetan, schrieb ich. Trotzdem hätte ich am Spiel der Geschlechter die Lust verloren. Für mich seien Frauen Menschen, die an Katzenfutter röchen und dann Petersilie drauflegten. Darüber hinaus seien sie, wie alle Menschen, bloße Egoisten.

Aber das sei doch auch gut so, antwortete sie. Schon allein deshalb, damit überhaupt einer an einen denkt. Und bei allem Egoismus würde doch in der Regel auch etwas für andere abfallen. Denn Egoismus sei berechnend und äußere sich bisweilen dadurch, dass man anderen etwas Gutes tut, um seinerseits Gutes zu erfahren.

In meinem Kopf schnellten Alarmschilder in die Höhe. Ich sollte sie beachten. Ich war kein leichter Junge. Ich hatte Erfahrung in vielerlei Hinsicht. Die musste ich mir zu Nutze machen, bevor ich Alida tiefer in meine Seele schauen ließ. Und sie musste mir ebenfalls einen Blick in die ihre gestatten, sonst wären die Kräfte nicht ausgewogen. Gleiches Recht für beide. Das war schon immer meine Devise.

Aber was dachte ich denn da? Wieso sollte ich sie in meine Seele blicken lassen? Was sollte ich mit ihr vorhaben? Welcher Dämon versuchte da, von mir Besitz zu ergreifen?

Ich musste mir eine Pause nehmen, und ihr gegenüber gab ich vor, gerade einen Telefonanruf zu erhalten, während ich tatsächlich auf die Toilette ging.

Einen Telefonanruf! Kurz vor Mitternacht! Wenn sie um meine Lüge gewusst hätte, hätte sie bestimmt kein Wort mehr mit mir gesprochen. Aber ich brauchte die Zeit, um eine aufkommende Brise in mir zu besänftigen. Sollte es möglich sein, dass ich auf einen Menschen gestoßen war, dem ich mich möglicherweise öffnen würde? Als hätte ich darauf gewartet? Nach so langer Zeit? Nach so vielen Enttäuschungen, die mein Herz versiegelt hatten? Nach diesem unnützen, quälenden Leben, das mich zum Schreiben trieb? Sie hingegen schien mich zu beflügeln, und genau deshalb musste ich vorsichtig sein, musste noch mehr über sie herausfinden, bevor ich weiter mit mir ging. Und hey! Ich hatte sie zum ersten Mal getroffen. Das nächste Mal schon konnte ganz anders sein. Vielleicht war sie nur heute in dieser Stimmung, morgen konnte sie schon verflogen sein. Wie aufrichtig ist ein Avatar? Wie aufrichtig sind Menschen?

Ob ich eigentlich eine Freundin hätte, fragte sie mich nach meiner Rückkehr, was ich verneinte, und sie konnte sich das nicht vorstellen. Jemand, der so gut aussehe und so geistvoll sei, müsse eine Freundin haben.

Niemand könne den beiden Herrinnen Kunst und Weib zugleich angemessen dienen, schrieb ich. Freundinnen dienten ohnehin in erster Linie dazu, um überhaupt zu Partnergesellschaften geladen zu werden. Dort würden diese Freundinnen dann dazu missbraucht, um Informationen zu erhalten, die man ohne diese Freundin niemals offenbaren würde. Die treibende Kraft ginge bei dem ganzen Konzept Freundin ohnehin von den Frauen aus, die nichts sehnlicher brauchten als Geheimnisse, die sie weitererzählen konnten. Wer mit wem sei die dringendste Frage, die sich Frauen stellten, und dann, wenn das wer mit wem geklärt sei, wer denn derjenige sei, mit dem sich eingelassen wurde, um zu prüfen, ob sie selbst ein gutes Los gezogen hätten.

Lol! Wenn ich so verkorkst sei, dann sollte sie meine Freundin sein, denn bei ihr brauchte ich diese Befürchtungen nicht zu haben.

Mir wurde es warm. Hatte ihr Zauber bereits begonnen zu wirken? Würde sie am Ende noch Recht behalten, wenn sie sich irgendwann von mir trennte? Würde ich dann wirklich auf Knien gerutscht kommen, um sie anzuflehen?

Nein, das würde nicht passieren. Schließlich hielt ich meine Gründe für gut genug, mit Frauen vorsichtig zu sein.

Während unseres Gesprächs hatte ich unsere beiden Avatare auf dem Bildschirm überhaupt nicht beachtet. Nur die Wörter zählten. Am Anfang und am Ende ist das Wort. Großartig! Wie schnell die Zeit vergangen war. Volle vier Stunden war ich mit ihr in einem höchst anregenden Disput durch die Zeit geschaukelt. Ich konnte gar nicht glauben, wie angenehm mir das alles gewesen war; mir, dem das Spiel der Hormone als völlig minderwertig und einem Geisteswesen unangemessen galt und dem darum schon seit Jahren jeglicher Kontakt zur Weiblichkeit als Verrat gegenüber der eigentlichen Bestimmung der Menschen erschienen war, nämlich sich mit dem Geist auseinanderzusetzen.

Leider müsse ich an dieser Stelle unsere Konversation abbrechen, weil die Zeit schon so weit vorgeschritten sei, schrieb ich endlich. Ich sei müde. Das sei np (no problem), antwortete sie. Wir würden uns bald wieder sehen, um weiter streiten zu können :-). Sie werde Kraft sammeln, um mir für unsere nächste Begegnung wieder genug entgegensetzen zu können.

Sie wünschte mir noch eine gute Nacht, oder was davon übrig geblieben war, und verschwand daraufhin. Als ich noch einen Satz an sie senden wollte, erschien nur der Hinweis, dass meine Nachricht hinterlegt und bei ihrem erneuten online gesendet würde. Sie war also afk (away from keyboard), und ich legte mich mit einem ganz eigentümlichen Gefühl zur Ruhe.

## 8.

Bevor ich Alida kennen lernte, hatte ich, in jener Welt angekommen, zunächst meine Freundesliste, die wohl eher eine  Geschäftsliste war, durchkämmt, um zu sehen, wer nicht afk war. Inzwischen warf ich nur einen kurzen Blick darauf, um zu sehen, ob Alida schon online war. Dabei überließen wir unsere Treffen in jener Welt schon bald nicht mehr dem Zufall, sondern hatten uns tags zuvor verabredet.

Sie schien viel Zeit zu haben. Avatare, die beständig online sind, verbrauchen genauso viel Energie zum Leben wie ihre Schöpfer. Denn hinter den Avataren und ihrer Welt steht eine Maschinerie, ein Kraftwerk oder mehrere, die das System in Gang halten.

Oft genug kochte ich mir unmittelbar vor meinem Onlinegang einen Tee oder bereitete mir etwas zum Essen zu, damit ich es nicht während unseres Beisammenseins tun musste. Wenn das Telefon dann klingelte, so ignorierte ich es, und wenn jemand an meiner Türe schellte, so wimmelte ich den Besucher, gleich wer es war, so schnell wie möglich ab.

Für gewöhnlich hatte Alida sich schon eingeloggt, oder tat es unmittelbar, nachdem Varn sich in jener Welt aufgebaut hatte. Selten musste ich länger als eine halbe Stunde warten, was für Frauen nur drei Minuten bedeutet, denn eine Frauenminute zählt doch genauso

viel wie zehn Männerminuten. Während dieser seltenen Wartezeiten sprang ich lustlos von einer Kulisse
zur nächsten, immer mit einem Auge auf dem Feld des
Bildschirmes, das mir ihre Ankunft anzeigen würde.

Wenn ich aber noch länger warten musste, streunte
ich durch meine Wohnung, blickte in den Kühl-
schrank, dann aus allen Fenstern, als könnte ich von
dort ihre Ankunft erspähen. Wo blieb sie denn nur?
Wo steckte das Weib? War ihr etwas zugestoßen? Ich
hoffte inständig, dass es ihr gut ging und dass sie lediglich ein wenig aufgehalten wurde.

Und wenn dann die Anzeige schließlich aufflammte,
begann auch das Leuchtfeuer meines Herzens zu bren-
nen, und das Tor zu meiner Seele sprang auf. Schnell gli-
chen wir unsere jeweiligen Aufenthaltsorte ab und trafen
uns dann dort, wo wir beide es für ergiebig hielten.

Wir tauchten zusammen im Meer, wir flogen am
Himmel, wir fuhren Rennen mit virtuellen Autos,
über deren Fahrphysik sie herzhaft zu lachen pflegte,
denn diese Dinger bewegten sich wie Hoovercrafts,
und die Räder zeigten dabei lediglich die Richtung an,
in die zu fahren beabsichtigt war. Ansonsten schwebten sie förmlich über alles hinweg, durch alles hindurch
und stellten sich bisweilen lachhaft schief. Wir tanzten
auf farbig blinkenden Tanzflächen, wir spielten Spiele,
wir saßen in Diskussionsgruppen und Lesungen und
machten uns gemeinsam über die Teilnehmer lustig.
Sie gab mir Tipps, wo ich mein Monument platzieren
könnte, half mir gar, es noch zu verbessern. Ich
schenkte ihr eine Jacht und es bereitete mir großes Vergnügen, sie zum Lachen zu bringen. Schließlich verriet

sie mir, dass sie im Leben vor meinem Fenster Fahrzeuge reparierte und dass sie kaum älter war als ich.

Ob ich es denn inzwischen nicht mehr ohne sie aushalten könnte, fragte sie mich einmal, und ich gab zögerlich zu, dass es so sei.

Lol!

Sie habe gewusst, dass sich ihr Eifer bei mir lohnen würde. Sie wolle mir etwas zurückschenken, denn ich würde ihr so viel Kraft geben. Darüber hinaus habe sie schon lange nicht mehr so viel gelacht. Sie habe mich schon jetzt gern.

Ich hätte sie auch gern.

Wie gern ich sie denn hätte?

Ich hätte sie schon sehr gern, gab ich zu. Dann ritt mich ein Teufel, und ich sagte: Nein, ich liebe dich!

Nun habe sie mich zumindest schon einmal so weit gebracht :-), und ich bedauerte im selben Moment mein Geständnis, von dem im Grunde doch kaum mehr wahr war als ein leichtes, wohliges Prickeln, vielleicht deshalb, weil mich diese Worte schon so lange nicht versucht hatten. Aber hier standen sie auf dem Bildschirm mit scheinbar großer Bedeutung.

Sie werde mich von nun an als ihren Verlobten in jener Welt ansehen, und da wir nun verlobt seien, hätte ich die Aufgabe, nein, die Verpflichtung, mich um sie zu kümmern, wie sie diese Verpflichtung übernehmen, nein, sich dieses Vergnügen bereiten wolle.

Und der Teufel ritt mich mit schmunzelndem Gesicht weiter.

Warum sie diesen Umweg machen wolle, fragte ich. Warum nicht sofort heiraten?

Vor Varns Eintritt in jene Welt hatte mir das Fernsehen ein Mädchen nahe gebracht, das in jener Welt tatsächlich heiraten wollte, und das mit seinem Wunsch an seinen leiblichen Vater herantrat. Dann hätte sie ja endlich jemanden gefunden, nein, abbekommen sagte er, sie hätte endlich jemanden abbekommen. Daraufhin weinte sie vor Freude und strich dann voller Sehnsucht und tief in Gedanken an ihren Pixel-Geliebten durch die Straßen ihrer Stadt. Dort war sie einsam wie eine Auster. Es gab auch Bilder von der Hochzeit, Bilder aus einer Kirche in jener Welt, überdekoriert mit Bändern und Glitzer und Glimmer und viel Weiß. Sie trug ein tief ausgeschnittenes und darum atemberaubendes weißes Nichts, er einen ebenso atemberaubenden Frack. Im Hintergrund standen andere Avatare reglos aufgebrezelt als Zeugen. Ein selbst ernannter Priester vollzog die Trauung. Die Ja-Worte wurden gewechselt, die Ringe wurden gewechselt, sie küssten sich beinahe unanständig. Dann schwebten die Frischvermählten unter Blitzlichtgewitter und Orgelgrollen hinaus aus der Kirche, kletterten in eine weiße Kutsche – natürlich – und fuhren in eine Pixelzukunft. Als das Brautpaar sich das Ja-Wort gab, konnte ich zusammen mit der Fernsehgemeinde bemerken, wie der Braut vor ihrem Bildschirm die Tränen liefen, aber auch, wie der Vater seiner Frau die Hand drückte. Seine Frau, die Mutter der Braut, begann sofort zu schluchzen, wie es Mütter dann so tun, wehmütig und glücklich zugleich nämlich. Die beiden hatten die Zeremonie mit ihrer Tochter vor dem Bildschirm sitzend mitverfolgt. In Festtageskleidung!

Oh, antwortete Alida, sie sei in jener Welt bereits verheiratet.

Das saß zu meiner Überraschung tief. Unwillkürlich zog ich mich von ihr zurück. Ich spürte, wie sich mein Herz verkrampfte, wie sich mein Nacken versteifte, wie sich meine Zähne aufeinander pressten. Mein Kopf war mit einem Mal ganz leer, und das dauerte an, bis sie schrieb, es sei ein Scherz gewesen.

Aber ein böser, antwortete ich.

Ob es denn schon so schlimm um mich stehe?

Nein, nein, log ich.

Sie sei einmal verheiratet gewesen in jener Welt, aber auch nur, um zu erfahren, was das für ein Gefühl sei. Der Mann stellte sich jedoch als ein Idiot heraus, nachtragend und eifersüchtig und sehr schnell beleidigt sei er bald gewesen Sie wolle nie wieder heiraten in jener Welt.

Jener andere habe bestimmt sein Bestes gegeben, warf ich ein. Das glaube sie nicht. Ich entgegnete, dass meiner Meinung nach jeder immer und überall sein Bestes gibt. Dieses Beste könnte aber je nach Verfassung unterschiedlich gut für andere ausfallen und mochte in den Augen desjenigen, dem dieses Beste zuteil kommen sollte, unzureichend sein. Im Grunde sei jeder nur in der Lage, das für ihn im Moment Beste zu geben, und das habe sicher auch er getan. Dass ihr, Alida, sein Bestes nicht gereicht hatte, habe nicht mit ihm zu tun, sondern mit ihr selbst. Sie habe wohl nicht die gesamte Persönlichkeit dieses Mannes in ihre Beurteilung, ob es das Beste war, was er in einem bestimmten Moment zu geben imstande gewesen war, einbezogen. Die Vorstellung, er habe sein Handeln und Wollen frei bestimmen, seine Bereitschaft, Besseres zu geben, noch erhöhen zu können, sei sowieso ein Trugschluss. Die Hirnforscher hätten gar die Vermutung und auch bereits stichhaltige Beweise dafür, dass selbst Massenmörder nicht für ihre Taten zur Rechenschaft gezogen werden dürfen, weil sehr viel dafür spricht, dass ihr mörderischer Trieb tatsächlich ein Trieb ist, der auf Beschädigung spezieller Hirnareale zurückzuführen sei. Hitler hätten offenbar lediglich regelmäßige Lithiumgaben gefehlt, um seine Depression zu kurieren. Was hätte alles verhindert werden können, hätte man damals etwas über diese Zusammenhänge gewusst. Gesunde Gehirne hätten in der Regel irgendwo in ihren kompliziert vernetzten Tiefen bereits eine wie auch immer geartete Entscheidung getroffen, bevor wir sie für eine eigene Entscheidung halten. Und da wir gerade über den freien Willen sprächen, so würde ich sie, Alida, auch gar nicht heiraten wollen, so schrieb ich flinkfingerig und flammenohrig. Schließlich müsste dann ja auch ein Haus in jener Welt her, denn als Paar in einem Monument ohne Dach zu wohnen sei bestimmt nicht ihr Traum. Und wenn es schlecht liefe, dann hätten wir auch bald Kinder.

Was denn daran schlecht sei, wollte Alida wissen.

Wem sonst nichts bliebe, weil er zu Kunst oder Erkenntnis nicht taugt, dem bliebe eben nur die Kindzeugung übrig. Kinder verlangten aber beständig nach Aufmerksamkeit. Wären sie erst einmal da, würden das Leben ihrer Eltern in ein Höllenloch verwandeln. Pure Egoisten seien das.

Ich müsse es ja wissen.

Nun, das wüsste ich nicht aus direkter Elternerfahrung, aber ich hätte es doch sehr oft bei anderen bemerkt. Erst heute sei ich Zeuge geworden, wie eines dieser Welpen es verstanden habe, den Insassen eines ganzen Busses die Nerven zu zerreiben. Es wollte nicht im Kinderwagen sitzen, nicht an der Hand gehalten werden, nicht auf einen Arm. Weiß der Himmel, was es wirklich wollte! Während seine Augen unentwegt nach Verbündeten suchten, steigerte es sein Geschrei bis ins Falsett. Offenbar erwartete es so die größte Aufmerksamkeit zu erlangen. Ich hatte den direkten Blick in seine Augen, hinter denen die pure Berechnung lauerte, gemieden, ja hatte überhaupt den Blick in das rot-groteske Gesichtchen gescheut, wie auch in das der Eltern und umsitzenden älteren Damen, vielleicht Großmütter, in deren Augen Kindchenschemabildchen aufflackerten, wusste ich doch, dass jegliche Anteilnahme oder gar Zuspruch die Lage nur verschärft hätten. Ich könne gar nicht verstehen, wie die Eltern das aushielten.

Aber das Geschrei der eigenen Kinder sei ja lang nicht so schlimm, eben weil es das der eigenen sei, versicherte mir Alida. Das Geschrei fremder Kinder würde durch das der eigenen Kinder sogar erträglich.

Ich wisse von jemandem, der sich selbst an das Geschrei seiner eigenen Kinder nie habe gewöhnen können.

Dabei sei es doch so erfrischend, ja belebend, Kinder zu beobachten. Sie sehe die Welt dann ebenfalls mit Kinderaugen.

Ich hätte die Peter Pans und Oskar Matzerats dieser Welt satt, antwortete ich. Wie könne man es darauf anlegen, die Welt mit Kinderaugen zu sehen? Kinder wüssten noch nichts über diese Welt außer dem, was bereits in ihren Gehirnen seit hunderttausenden von Jahren gespeichert sei. Wie mühselig sei es doch, etwas mehr über diese Welt zu erfahren. Wie viel Zeit und Geduld koste es, Erfahrungen zu sammeln, um auch nur ein bisschen von dem Ganzen zu verstehen. Und da solle ich mich hinstellen und alles wieder wie ein Kind sehen wollen? Sollte ich wieder Hexen und Zauberer und Magier, sprechende Tiere und Aberglauben Macht über mich erlangen lassen? Nimmermehr! Ich wolle erwachsen werden, wolle es schließlich sein und mich nicht durch Weihnachtsmänner, Osterhasen und Klapperstörche davon abhalten lassen.

Aber die Kinder trügen doch ihren Teil dazu bei, mich erwachsen werden zu lassen, meinte Alida.

Die Kinder erinnerten mich allenfalls daran, selbst einmal Kind gewesen zu sein, aber ich wolle diese Zeit keinesfalls wiederholen. Wer glaube, durch seine Kinder erwachsen zu werden, der täusche sich gewaltig. Im Grunde zeigten sie nur, dass man selbst älter geworden sei. Selbst die größten Deppen könnten sich so erhaben fühlen. Bei den meisten bliebe es dann dabei. Sie würden älter, aber nicht erwachsener. Eine Welt, die glaubt, erst durch ihre Kinder erwachsen zu werden, habe in diesem Universum nichts zu suchen. Die Welt gehöre nicht in Kinderhände.

Sie sehe die Dinge da ganz anders, schrieb Alida, aber das sei bestimmt der Grund, warum ich sie liebe.

Ganz genau. Genau darum liebte ich sie, weil sie es bestimmt fertig bringe, mir einen ganzen Haufen Kinder unterzuschieben!

Lol! Das sei ihr Ziel, und zwar nur, weil ich so große Angst davor hätte und sie mich so ganz bequem verrückt machen könne. Sie würde einfach nur ihre Latzhose fallen lassen, und dann würde sie diese Babies mit mir machen. Warum ich überhaupt solche Angst vor Kindern hätte, schrieb sie.

Ich erklärte, dass ich dann mein bisheriges Leben wohl ad acta legen müsse, weil sich mein ganzes Denken und Handeln nur noch um die Brut, ihre Ernährung, ihre Erziehung, ihre Probleme drehen würde. Obwohl es bereits zu viele Menschen auf der Welt gebe, würde ich dennoch meine ganze Kraft auf dieses unsinnige Unternehmen verwenden und meiner eigentlichen Arbeit nicht mehr nachgehen können. Da würde ich mich gut genug kennen, um mein Verhalten vorhersagen zu können. Gerade in diesem Moment fiele mir auf, dass ich schon jetzt meinen eigentlichen Auftrag in jener Welt vernachlässige.

Um Himmels willen, schrieb Alida, ich sollte mich durch sie nicht einschränken lassen. Das sei das Letzte, was sie erreichen wolle. Ich solle mir nur keine Sorgen machen müssen. Sie wolle mir den meisten Stress vom Halse halten und nicht noch mehr erzeugen. Darin sei sie eigentlich sehr gut. Ich solle mich schnell auf den Weg machen, um für mein Buch Leser zu gewinnen. Sie selbst habe es für so gut befunden, dass sie bereits einen ganzen Schwung davon verschenkt habe.

Nun, ich machte mich nicht auf den Weg, denn ich dachte, dass dafür noch Zeit sein würde an einem anderen Tag. Und so redeten wir wieder stundenlang, während es in jener Welt Abend und Morgen wurde.

Andere Avatare traten ins Bild und zogen wieder ihrer Wege. Sie konnten uns nicht lesen, denn wir schrieben in einem bestimmten Modus mit Namen IM (instant message), den nur wir zwei einsehen konnten. Der Name war in den Sechzigern von einem Science-Fiction-Autor erfunden worden und bezeichnet die sofortige Nachrichtenübermittlung mit Überlichtgeschwindigkeit über interstellare Distanzen hinweg. Die Übermittlung sollte extrem teuer und darum unerschwinglich sein.

Heute ist diese Form der Kommunikation extrem billig, wenn man mal davon absieht, dass sie nicht mit Überlichtgeschwindigkeit vonstatten geht und weit kürzere Distanzen überbrückt.

Am Ende eines jeden Treffens zog sich unser Abschied länger hin. Er wurde uns zu einer süßen, fast schmerzlichen Spielerei. Ich konnte es tatsächlich kaum erwarten, Alida wiederzusehen. Sag mir nur, wie weit, wie weit, wie weit, wie weit willst Du gehn?

## 9

Hätte mir jemand vor Varns Eintauchen in jene Welt erzählt, wie tief greifend die Begegnungen dort sein können, ich hätte ihm kalt ins Gesicht gelacht oder hätte sie erst gar nicht durch ihn betreten, wenn ich dem Glauben geschenkt hätte. Ein Verkäufer, der tief greifende Gefühle entwickelt, kann sich ebenso gut aus einem der oberen Stockwerke auf die Straße stürzen. Nun aber, nachdem ich Alida Mal für Mal näherzukommen schien, nun aber, da ich beinahe ihre Stimme hören konnte, lachte ich nicht mehr darüber. Zum Umkehren, selbst wenn ich es gewollt hätte, wäre es sowieso zu spät gewesen. Denn ich war süchtig nach ihr geworden. Schon längst war es nicht mehr Varn, der da sprach, war es nicht mehr Varn, der sich zur Schau stellte, sondern es war mein eigenes, einsames Herz, das diese Reise unternahm. Ich klang bereits wie in einem Kitschroman. Varn war nur noch eine bunte Fläche, die zum Betreten jener Welt nötig war. Er und die gesamte Maschinerie um ihn herum war nötig, um Alida zu sprechen. Alida!

Sie spukte durch meinen Kopf, sie verwandelte meine Gedanken, und ich ertappte mich, wie ich ein feines Lächeln auf den Lippen trug. Dieses pflanzte in die Welt vor meinem Fenster einen Rosengarten, in dem die Frau vom Markt an der Ecke mit Alidas Gesicht lächelte und plauderte, und ich selbst plauderte und lächelte ebenfalls. Denn ich hatte in meinem Einkaufswagen einen Zettel gefunden. Auf dem stand in Blockschrift untereinander: Trinken, Brötchen, Marmelade, Orangen, Tomaten, Suppengr., Butter, Pudding, Wurst, Kochen, Käse, Kartoff., Binden. Der Einkaufzettel einer Frau, wie ich der Frau vom Markt versicherte. Sie hatte Trinken geschrieben, nicht Getränk. Und das Wort Kochen hatte sie lediglich als Denkanstoß vermerkt. Bestimmt würde sie sich so an alles erinnern, was sie zum Kochen brauchte. Das bestätigte mir auch die Frau vom Markt an der Ecke, die es ebenso hielt, wenn sie einkaufen ging. Sie dachte wahrscheinlich, dass mein Lächeln und meine Aufmerksamkeit ihr galt, dabei galt alles nur Alida, deren Gesicht – ich kannte es ja von ihrem Bild, das sie mir geschenkt hatte und das ich bei unseren Treffen pausenlos angezeigt ließ – ich auch in jedem anderen Frauengesicht mit einem Mal wiederfand. Es war gerade umgekehrt zu dem Satz, den ich in Die letzte Versuchung Christi gehört hatte. Es gab nicht nur eine Frau mit millionen Gesichtern. Es gab auch millionen Frauen mit nur einem Gesicht. Doch es zeigte sich aus anderen Blickwinkeln, mit einer Vielzahl kleinster Bewegungen, nicht wie Alidas Bild, das unbeweglich und steif für jeden anderen wirken musste, in mir aber soviel Zufriedenheit und Freude weckte, dass es mir ein Leichtes war, ihre Züge in all diesen eigentlich fremden Gesichtern wiederzufinden. Vielleicht machte sich die Frau vom Markt sogar Hoffnung, die Arme. Wenn sie gewusst hätte, dass ich nur ein Geist für sie

sein konnte, ein lächelnder Schemen, ein Schelm vielleicht. Sie dachte am Ende über die Hoffnung hinaus
und würde dann kläglich scheitern, denn ich hatte bereits eine Freundin.

Wie ungewohnt das klang. Ich habe eine Freundin!

Ja, du hast eine, aber eine, die du noch nie berührt
hast, deren Geruch du nicht kennst, deren Bewegungen dir völlig unbekannt sind, ja, deren Stimme sich
noch nie aus dem Chor aller Stimmen dieser Welt her-
ausgelöst hatte. Du würdest sie wahrscheinlich in einer
größeren Menschenmenge nicht finden, es sei denn, sie
trüge dieselbe Kleidung wie auf dem Bild, dieselbe
Frisur, machte dieselbe Geste wie auf dem Bild. Hätte
sich auch nur ein Detail an ihr verändert, ich würde
blind an ihr vorüberlaufen in dieser Menschenmenge
mit ihrem Bild in mir. Dabei wäre es gar nicht möglich, auf sie zu treffen, denn inzwischen wusste ich,
Alida lebte sehr weit entfernt von mir.

Man könnte meinen, eine solche Distanz sei hinder-
lich, käme einer interstellaren Entfernung gleich, die
zu überbrücken lediglich eine IM in der Lage sei. Doch
das Band der Liebe ist nur im Volksglauben ein Band.
Tatsächlich ist die Liebe ein Kontinuum, ein allumfas-
sendes Kontinuum, das alles und jeden durchdringt.
Keine Nabelschnur, sondern ein Nektar, in dem der
Liebende schwimmt, von dem er sich nährt und dem
außer ihm auch alles andere zugehörig ist. Wie im Universum, wie in einem Paralleluniversum.

Es gab doch auch andere, die kein direkter, kurzer
Weg verband. Es gab doch auch andere, die räumliche
Distanzen überbrücken mussten. Selbst einer meiner

wenigen Freunde hatte jahrelang solch eine Beziehung gepflegt und würde es auch weiterhin tun, hätten nicht zwei Kinder ihre Beine unter seinen Tisch gestellt.

Ich hingegen durfte eine Freundin haben, die mir auf ganz andere Weise nah sein konnte. Über das geschriebene Wort. Genau so passte es mir gut. Nicht so, wie mit der Friseurin in der Welt vor meinem Fenster vor ein paar Jahren, der ich im entscheidenden Moment nichts zu sagen hatte.

In ihrem Stuhl sitzend konnte ich mich erst nicht mehr an sie erinnern. Beim ersten Mal hatten wir kein Wort gewechselt, weshalb ich sie sicher vergessen hatte. Dieses Mal hatte sie die ganze Zeit auf mich eingeredet, und so wusste ich bald wo sie wohnte, dass die Löwenmähne, die auf ihrem Kopf prangte, eigentlich gar keine Frisur, sondern nur so hingeworfene Haare waren, dass sie an Herpes litt und schlechte Erfahrungen mit Libanesen gemacht hatte, dabei aber einräumte, dass darum aber nicht alle schlecht sein müssen. Türken seien hingegen die nettesten Menschen auf der Welt, und sie machte seit Jahren Urlaub in der Türkei. Sie hatte ein Piercing an der Lippe. Ein Piercing und Herpes. Sie wirkte groß hinter mir im Spiegel, war aber deutlich kleiner als ich, und ich bin selbst kein Riese. Sie gefiel mir, und das war bereits der Beginn vom Ende. Sollte ich beim nächsten Mal wieder in jenem Salon sitzen, würde mir eine andere die Haare schneiden. So war das immer. Sobald mir eine gefiel, stellten sich mir Hindernisse in den Weg. Bis dahin war alles ganz leicht, wie zufällig. Aber dann, wenn mir eine gefiel und ich mich auf sie einlassen wollte, wurde alles kompliziert. Ich hätte bei meinem nächsten Besuch natürlich darum bitten können, dass nur sie mir die Haare schneiden sollte, auch auf die Gefahr hin, dass sie sich etwas darauf einbildete. Doch warum sollte sie sich nichts darauf einbilden, immerhin hätte ich ein echtes Interesse an ihr gehabt. Aber soweit wäre es nie gekommen, denn da ich mich für sie entschieden hatte, wäre sie bei meinem nächsten Besuch bestimmt im Urlaub oder krank oder beides. So ging das bei mir. Ich hätte natürlich zuvor den Laden beobachten können. Wenn sie ihn dann in der Früh aufsperrte, weil sie an der Reihe war, brauchte ich nur morgens gegen neun davorzustehen, möglichst als Erster, und ich hätte genau die gleiche Situation wie beim letzten Mal gehabt. Ja, ich bin ein schlauer Hund. Natürlich hätte ich auch jetzt, da ich mich schon einmal dazu entschlossen hatte, mich für sie zu interessieren, bereits am folgenden Tag in den Laden marschieren und mir die Haare nachschneiden lassen können. Dann würde ich ihr auch ein Trinkgeld geben, was ich beim letzten Mal nicht tat. Vielleicht war genau das der Grund, weshalb sie jetzt so viel redete. Vielleicht dachte sie, ihr Reden würde die Trinkgeldsituation verbessern. Dabei war der Laden verhältnismäßig teuer. Ich kenne viel billigere, in denen auch nicht schlechter geschnitten wird. Vielleicht sollte ich aber auch nach Feierabend wie zufällig vor dem Laden auf sie treffen. Das gäbe eine spannende Situation. Es fühlte sich jedenfalls spannend an, darüber nachzudenken. Aber als ich den Versuch startete, kam es vor dem Laden lediglich zu einem erkennenden Zunicken, das mich dermaßen verunsicherte, dass ich es unterließ, sie anzusprechen. Ich wechselte sogar zu einem der billigeren Salons. Bis heute kenne ich ihren Namen nicht.

Die Veränderungen in mir fielen anderen auf, denn sie hatten sich bis in mein Gesicht durchgegraben. Mit der Gewissheit, eine Freundin zu haben, grinste ich in die Welt. Ich erzählte sogar bereitwillig und begeistert von ihr das, was ich glaubte von ihr zu wissen. Alida sagt dies, Alida sagt das, so war meine Rede. Auch Alida macht dies, auch Alida macht das, den ganzen Tag zu jedem, den ich traf. Und ich traf viele in jener Zeit, schon allein, um über sie berichten zu können. Gut möglich, dass ich damit allen auf die Nerven fiel, aber welchem Liebenden fällt das schon auf? Wer sich die Liebe einmal eingestanden hat, redet nur noch davon. Alidas Name wurde mein gebräuchlichstes Wort. Ihr Bild hatte ich vergrößert und an die Wand gehängt, davor ein paar Kerzen. Ich war verrückt geworden mit meinem rosa Flanellläppchen im Kopf.

In meinem Umfeld stieß ich hingegen nicht auf Begeisterung, dabei hätte ich genau die erwartet. Jahrelang hatten sie mich gequält, weil ich keine Beziehung einging. Jahrelang hatten sie mir zu verstehen gegeben, dass ich anders war. Aber jetzt, als ich ihnen meine Freundin Alida präsentierte, schlug die zugegeben anfängliche Freude über das Ende meines Alleinseins in Spott um. Er hat eine Freundin, ja, die hat er. Einen Avatar! Als hätten sie eine Ahnung, was dahinter stecken kann. Ich hatte eine Freundin gefunden, hatte Alida gefunden, für die ich mich nicht zu schämen brauchte. Denn keine andere hatte mir bisher so viel

Geborgenheit und Sicherheit, so viel Verständnis, so viel Witz und kluge Ratschläge gegeben wie sie. Und vielleicht, ja vielleicht, würden wir uns doch eines Tages Aug' in Aug' gegenüberstehen. Wer konnte das schon sagen. Wenn die Liebe stark genug ist ... du lieber Himmel! Hatte ich das gesagt? Ja, ja, ich hatte das gesagt. Und es klang richtig. Dabei war ich schwer getroffen, als ich meine Liebe entdeckte, als ich sie wiederfand. Denn die Erkenntnis, dass in mir doch noch etwas schlummerte, dass da doch noch etwas war, das zum Leben taugte, traf mich aus dem Nichts. Für einen Moment krochen die Monster der Vergangenheit, die Liebesvampire und hungrigen Beziehungswölfe, die Kraken mit ihren zum Ersticken geringelten Armen und die flinken Spinnen aus den dunklen Ecken meiner Seele hervor. Ein einziger Gedanke an Alida reichte aus, sie alle zu vertreiben.

Ich liebte Alida und, wie sie sehr oft sagte, sie liebte auch mich. Angesichts der Wahrheit werden Worte belanglos. Aber ihr fiel es bestimmt leichter, es zu sagen, als mir. Sie sagte es bestimmt auch sonst häufiger als ich. Glaubende wiederholen ihr Bekenntnis mit Leichtigkeit. Aber darum musste es nicht bedeutungslos sein. Nein, darum durfte es nicht bedeutungslos sein.

Ob sie gerade an mich denken musste? Ob ihr Leben auch heller geworden war? Während unserer süßen Plaudereien drehten wir uns um uns selbst wie Tanzende. Dabei wuchs in meinem Inneren eine Welle, eine Riesenwelle, eine Monsterwelle der Liebe.

Die Wissenschaftler vermuten, dass Monsterwellen im Ozean, sogenannte Kaventzmänner, mittels einer sehr unwahrscheinlichen, wenn nicht gar unmöglichen Lösung der nichtlinearen Schrödingergleichung erklärt werden können. Denn sie tauchen scheinbar aus dem Nichts auf, saugen offenbar ihre Energie aus den winzigen Nachbarwellen, bauen sich auf, werden zu einer riesigen Wand aus Wasser. Wie wahrscheinlich war eine solche Welle? Wie wahrscheinlich war es gewesen, dass mich die Liebe erreichen würde? Wie wahrscheinlich war es gewesen, dass ich mich öffnen, dass ich in ein weiches Bett aus Liebesbezeugungen fallen würde? Alida hatte prophezeit, dass sie nicht lockerlassen würde, bis es soweit war. Und ich selbst stellte mich nicht mehr dem entgegen mit meinen albernen Argumenten.

# 10.

Alida tepete Varn zu einer einsamen Insel. Auf dem Boden lag eine Vielzahl bunter Bälle, als hätten Kinder sie nach dem Spielen zurückgelassen. Solche Bälle hatte ich ja schon früher bemerkt und auch aktiviert. Im Nu hatte ein Programm begonnen, für Varn abzulaufen, das ihn irgendetwas Absonderliches tun ließ. Wilde Tänze etwa oder weite Sprünge, oder er saß still auf einer Bank und verdiente Geld.

Oder er begann zu kopulieren.

Umso erstaunter war ich, dass Alida jetzt auf diese Bälle wies und mir virtuellen Sex anbot.

Diese Frau, die mir aus so vielen Gesprächen vertraut schien, ließ sich auf etwas derart Niedriges, Abartiges, Billiges, ja Perverses ein?

Das könne sie nicht ernst meinen, schrieb ich daher. Bereits in der Welt vor meinem Fenster hätte ich dem wirklichen Sex abgeschworen. Und wer hätte das nicht, wenn ihm während des Beischlafes kurz vor dem Höhepunkt nach einiger langatmiger und schweißtreibender Plackerei die Frage durch das Hirn gehuscht war, was er dort eigentlich trieb? Die Libido fiel augenblicklich in sich zusammen, und die darauf folgenden Minuten waren vollgestopft mit verstocktem Schweigen. Neben der Lust konnte dieser Akt schließlich auch der Kinderproduktion dienen, die ich unbedingt vermeiden wollte. Sex war darum vor allem gefährlich für mich. Ich hatte ihn darum erfolgreich aus meinem Leben verbannt. Das bisschen Befriedigung, das mein Körper von Zeit zu Zeit forderte, konnte ich mir jederzeit ohne nachhaltige Folgen durch knappe zwei Minuten konzentrierter Handarbeit, den Kopf je nach Laune voller blutjunger Dinger oder geiler, alter Weiber, selbst verschaffen.

Alida wollte von all dem zwar etwas wissen, aber sie war anderer Meinung. Sex spiele sich vor allem im Kopf ab und sei schon deshalb völlig ungefährlich für mich hier. Sie wolle sofort welchen mit mir. Auf dem Bildschirm. Mit Hilfe der Bälle.

Ihr Avatar legte sich auf den Boden in den Pixelsand und sofort hoben und senkten sich die Hüften, streichelten die Arme die Luft. Stück für Stück entkleidete Alida ihren schlangenhaften Avatar. Klick für Klick verwandelte er sich in ein begehrenswertes Objekt. Noch war ich unschlüssig, ob ich es ihr gleichtun sollte. Allein die Folgenlosigkeit dieser Betätigung setzte meine Sex-Schwelle stark herab. Denn das hier war kein Sex, das war allenfalls interaktives Video. Am Ende war es nur pervers! Es würden keinerlei Körperflüssigkeiten ausgetauscht werden, ja, es würde nicht einmal zu einer direkten Berührung kommen. Und wenn Varn nun erstmals in den Genuss kommen sollte, warum sollte ich ihn daran hindern? Vielleicht hatte er ja tatsächlich etwas davon. Vielleicht erhielt er ja mehr Möglichkeiten dadurch. In anderen virtuellen Welten wurden Avatare durch besondere Aktionen größere Fähigkeiten verliehen. Im Übrigen wurde ich schon allein durch den Anblick des nackten Alida-Avatars geil. Männer brauchen nicht mehr als das. Vielleicht könnte es sogar für mich ein großer Spaß werden, wenn ich Varn dabei zusah. Gott ist ein Voyeur!

Ich entkleidete Varn. Schließlich stand er vor mir und der Inselwelt so, wie ich ihn nicht erschaffen hatte. Ich hatte in voll bekleidet erschaffen, hatte ihn daher niemals nackt gesehen, und so war ich erschüttert, als ich sah, dass mein Varn keinen Penis hatte.

Offenbar war ich davon ausgegangen, dass Varn voll ausgestattet sei. Ich hatte es jedoch nie geprüft, woran zu sehen ist, dass es mich nicht interessierte. Hier, vor der nackten Alida stehend, die sich inzwischen, weil ich ihr offenbar zu unschlüssig schien, wieder erhoben hatte und mich scheinbar herausfordernd und fragend aus ihren Puppenpixelaugen ansah, fühlte ich mich mehr als nackt. Ich konnte noch nicht einmal sagen, Varn sei entmannt, denn dazu hätte etwas da gewesen sein müssen, was zu entfernen war. Varn war noch nie ein Mann gewesen.

Mir war sein Anblick peinlich, ja, ich schämte mich wie Adam nach dem Apfel, und wollte ihm schon wieder seine Kleidung anlegen. Eine virtuelle Kopulation für sich genommen war pervers genug. Eine virtuelle Kopulation ohne virtuellen Penis dagegen nur noch lächerlich.

Alida schrieb, sie könnte Varn einen Penis schenken. Nun, sie sagte Schwanz, und in meinen Augen sah bereits das schon sehr verrucht aus. Sie hätte zwar selbst keinen im Inventar, wüsste aber jemanden, der mir einen abgeben könnte.

Einen abgeben könnte? Einen Schwanz? Liefen hier am Ende Avatare mit mehreren herum? Am Ende für jede Aufgabe oder Anforderung einen? Was für eine Freude wäre das in der Welt vor meinem Fenster. Die Frage nach dem zu klein, zu groß, zu dünn, zu dick würde sich nicht mehr stellen, denn jeder könnte ein Sammelsurium von Penissen mit sich führen und je nach Lage vor Ort den passenden, den gewünschten vor dem Hineinstecken aufstecken. Und es ward Tag, und es ward Nacht, und Varn erhielt einen Penis durch die Hand einer Frau. Wie hört sich das nur an? Und selbst wenn er nicht direkt von ihr kam, so hätte sie ihn mir doch zumindest vermittelt.

Während ich noch verblüfft starrte, erschien ein Penis in meinem Inventar. Ich legte ihn ungläubig an.

Wow, sah ich Alida schreiben. Dann könne es ja losgehen, und sie legte sich wieder in den Sand. Ich hingegen starrte auf das, was da plötzlich zwischen Varns Beinen gewachsen war. Ein bleicher Stift. Ein mächtiges Teil. Er war zwar nicht so groß wie dieser mächtige 828 Meter lange Phallus in der arabischen Wüste, aber er war etwas, vor dem man, wäre er echt, Angst oder Respekt oder gar beides bekommen konnte.

Ob ich denn nun endlich anfangen wolle, sah ich Alida schreiben. Ich aktivierte den Ball neben ihr, und im selben Moment lag der nackte Varn auf der nackten Alida. Eng umschlungen streichelten sie sich ununterbrochen. HAHAHA. Die zwei Avatare. Welch ein Anblick. WIE LÄCHERLICH. Ob das schon alles sei?

Wir könnten noch andere Bälle ausprobieren und damit andere Stellungen versuchen, meinte Alida und kauerte auch sofort etwas abseits gebückt neben Varn. Wir trieben es auf diese Weise und auch noch in weiteren Varianten. Mir war schleierhaft, wie sie an diesem Tun Gefallen finden oder gar Lust empfindet konnte. Uns Männern genügt so etwas allerdings, wie ich in dem Moment feststellte. Die Vorstellung macht die Lust.

So trieben es alle hier, schrieb Alida. Für gewöhnlich würde man sich erzählen, was gerade auf dem Bildschirm zu sehen war. Wir könnten es ja einmal versuchen. Sie sei jetzt schon geil. Darin habe sie wohl einige Erfahrung, meinte ich. Nun, sie sei zumindest nicht so unbeleckt wie ich.

Würde ich in der Welt vor meinem Fenster mit ihr so zusammen sein, so würde ich sie unbedingt lecken wollen, schrieb ich vorsichtig. Und ihr täte das sehr gefallen, schrieb sie zurück. Wo ich sie denn lecken wolle? Wo sie es denn gerne hätte? Hinter den Ohren? JAA, da sei sie sofort auf hundert. Oder lieber doch woanders? Ich würde mit meiner Zunge deinen ganzen Körper abtasten ... meine Hände würden dir dabei sacht über die Haut streicheln ... und sie würde meine Brust küssen ... die würde ich auch dir küssen, bis die Knospen hart würden ... eine davon nähme ich zart zwischen meine Lippen ... und sie würde meinen Penis umfassen und dann mit ihrer Zunge daran spielen ... ich würde die Innenseite ihrer Schenkel streicheln, leicht wie eine Feder ... jaa ... und sie würde ihre Schenkel weit öffnen ... und ich würde dann auch dort lecken, bis sie feucht sei ... sie sei bereits feucht ... ich würde auch die feinen Härchen drumherum ... sie hätte dort keine Härchen ... dann würde ich mit meiner Zunge in sie eindringen ... uuh... und ich würde ihr dabei die Brüste streicheln ... und sie würde meinen Kopf fest an sich pressen ... dann würde sie meinen Schwanz in ihren Mund nehmen ... und sie würde an meinen Eiern lutschen, während sie vor mir kniet ... und ich würde ihr dabei meine große Zehe einführen ... omg (oh my god) ... sie sei jetzt ganz bereit für mich ... sie würde sich auf mich setzen, würde sich über mich schieben, und ihre harten Nippel würden in meinen Brusthaaren wühlen ... ich würde tief in dich eindringen, deine Schenkel noch weiter spreizen ... etwas würde warm meinen Ober-schenkel und mein Scrotum hinunter rinnen, während ich deinen Po streichele und auseinander ziehe ... omg ... ich habe dir ein paar Bilder geschickt.

Ich flog ins Inventar. Tatsächlich. Da waren Bilder, barbrüstige, eines mit der Hand zwischen den Schen-keln. Dann noch eine haarlose Nahaufnahme. Ich wollte ihr in nichts nachstehen, wollte meinen eigenen Helden, wie er stramm aus dem Hosenlatz ragte, blit-zen. Ein bleicher Stift ... nein, nicht jetzt, und ich reihte völlig geil ihre Bilder auf dem Bildschirm auf.

Ich schiebe dich an mir rauf und runter ... rauf und runter ... ganz langsam ... JAAA ... ich spüre dich, wie du mich umfängst ... und ich spüre dich jetzt ganz tief in mir ... Eine Collage aus Bildern blutjunger Dinger, geiler alter Weibern und der nackten Alida flackerte vor meinem geistigen Auge, oszillierte, verfestigte sich ... omg ... Die Welt in meinem Kopf, die Welt vor meinem Fenster, die Welt jenseits des Bildschirms ...

alles wurde eins. Wir waren nicht mehr zwei, nein, wir waren eins. Wir waren zusammen. Ich kann mich nicht mehr zurückhalten ... ich auch nicht ... schon das zweite Mal nicht ... komm nun auch du ... mein Schatz ... erleichtere dich.

Und das tat ich.

Völlig abgekämpft hockte ich vor dem Bildschirm, auf dem sich die beiden Avatare am Strand weiterhin umschlangen.

# 11.

Tags darauf liefen im Markt an der Ecke nackte Frauen durch die Gänge, reckten sich nackte Frauen mit schwer baumelnden Brüsten der Ware entgegen. Im Bus falteten Frauen ihre nackten Beine vor ihren Schamlippen, pressten Taschen vor ihre nackten Brüste, ließen ihre Kinder oder Hündchen auf ihrem nackten Schoß sitzen. Einer Kontrolleurin schaukelte das Prüfgerät vor der unbehaarten Scham hin und her. Als sie meine Dauerkarte in das Gerät steckte, bogen ihre nackten Unterarme ihre vorgereckten Brustwarzen. In der Fußgängerzone dann schwamm ich mit hart wedelndem Schwanz durch ein Meer aus Schenkeln und Brüsten wie die von Alidas Bild, warm und feucht, dass mir schwindelte. Nur zu gern wäre ich in jede von ihnen eingedrungen. Als mir eine der Alidas einen verheißungsvollen Blick schenkte, ließ ich meine Fahne augenblicklich frei schwingen. Reglos und emotionslos standen die Avatare um mich herum, wie ich es gewohnt war. Der verheißungsvolle Blick hingegen hatte sich abgewendet.

So taumelte ich erneut in jene Welt, noch immer mit den Bildern jener Nacht vor Augen, aber auch etwas ungläubig, ob das, was in jener Nacht passiert war, nicht doch nur Einbildung gewesen war. Denn unser Gehirn spielt hinterlistige Streiche, und das, was geschehen sein sollte, war so unwahrscheinlich, war aus so großer Ferne, so dunkler Tiefe aufgetaucht, dass mir meine Zweifel zumindest angebracht erschienen. Wie hätte ich damit rechnen können, dass es überhaupt möglich war? Nur mit Worten! Eine Frau hatte sich mir hingegeben. Genau so musste ich es sehen, und verdammt, es war völlig egal, dass es mit zwei Avataren begonnen hatte. Denn geendet hatte es mit uns beiden, zwei atmenden Leibern, zwei lebenden Menschen, hunderte Kilometer voneinander entfernt und doch so nah, dass ich sie riechen und schmecken konnte, obwohl wir nie aufeinander in der Welt vor meinem Fenster gestoßen waren. Und verdammt, ich wollte jetzt alles von ihr. Ich wollte nicht mehr nur vor dem Bildschirm sitzen. Ich wollte nicht mehr nur auf generierte Gestalten und Landschaften blicken. Ich wollte sie. Mit Haut und Haar. Allein die große räumliche Distanz zwischen uns stand dagegen.

Ich spielte mit dem Gedanken, sie aufzusuchen. Ich erwog sogar, meine Wohnung aufzugeben, meine Stadt zu verlassen, um ihr nah sein zu können, vielleicht sogar gemeinsam an jenem karibischen Strand in der Welt vor meinem Fenster, den sie mir so oft beschrieben hatte, wohin sie gern fliehen würde, um dem Alltag zu entkommen. Meine Sehnsucht war so groß, dass meine Gedanken, mein Wollen, meine ganze Liebe nur noch bei ihr waren. Ich war von Alida so durchdrungen, dass das Verlangen nach ihr nur durch einen direkten Kontakt befriedigt werden konnte. Ich müsste mich täuschen, wenn ich auch bei ihr nicht dieses Verlangen gespürt hätte. Ja, ich hatte es gespürt, und das nur mittels unserer geschriebenen Worte.

In jener Welt war es zwar möglich, sich akustisch zu verständigen, mein Kapital und technisches Verständnis reichten jedoch nicht aus, um das dafür nötige System zu installieren. Aber ich könnte es vielleicht lernen. Bestimmt würde Alida mir helfen. Im Grunde hatte ich es vor allem deswegen noch nicht versucht, weil ich bis dahin auch ein wenig Angst davor gehabt hatte. Wie würde ihre Stimme auf mich wirken? Am Ende stieß mich ihr Zwitschern ab, vielleicht hatte sie ein schrilles Lachen. Außerdem hatte mich gerade die Langsamkeit beruhigt, in der unsere Konversation fortgeschritten war. Diese Zeit, die vergangen war, bis der Frage die Antwort gefolgt war, hatte genug Raum gelassen, um mögliche Fehler in der Formulierung und damit mögliche Missverständnisse zu vermeiden. Bei einem direkten Kontakt, und sei er nur akustisch gewesen, wäre alles Knall auf Fall geschehen, und die Gespräche, die wir geführt hatten, hätten möglicherweise schon nach einem Bruchteil ihrer bisherigen Zeit ihr Ende gefunden.

Jetzt waren meine Bedenken, wie ich auf ihre Stimme reagieren würde, verschwunden. Ich würde das Geld für dieses akustische System auftreiben und mich dann mit der Technik beschäftigen. Und dann wären wir uns näher gekommen in der Welt vor meinem Fenster.

Ich fand Alida an derselben Stelle, an der wir uns nachts zuvor getrennt hatten.

Ich schäumte über und versicherte ihr, wie wunderbar alles gewesen sei. Ich bedrängte sie, mich zu treffen in der Welt vor meinem Fenster, aber sie wirkte zurückhaltend. Das verunsicherte mich. Ob sie mich nicht mehr liebe, fragte ich. Doch, aber sie habe mir etwas zu beichten. Ich witzelte, dass sie sicher mit den zwei Höhepunkten übertrieben habe. Mich wundere es ohnehin, dass Frauen, die doch so sehr auf körperlichen Kontakt angewiesen seien, auf diese Weise eine Befriedigung erhalten konnten.

Nein, da habe sie nicht übertrieben. Die Bilder hätten jedoch nicht sie gezeigt, hätten lediglich meiner Unterstützung dienen sollen. Sie habe sich mir dabei aber so nah gefühlt wie sonst noch nie einem Menschen. Außer ihrem Mann.

Mein trockenes Hirn saugte meine Augen leer. Was für ein Mann? Etwa der Kerl, mit dem sie in jener Welt verheiratet gewesen war? Aber der solle doch ein Idiot sein. Und die Bilder? Sicher, ihr Gesicht war darauf nicht zu sehen gewesen. Sollte mein Hirn in seiner Geilheit eine lustvolle Verknüpfung hergestellt haben?

Sie sei in der Welt vor meinem Fenster mit einem sterbenskranken Mann verheiratet. Er liege nur noch so da in der Stube über der Werkstatt. Oft nehme er sie überhaupt nicht wahr, wenn sie ihn stündlich aufsuche, um nach dem Rechten zu sehen. Das belaste sie sehr. Ich hätte sie aus einer tiefen Lethargie geholt. Normalerweise ließe sie niemanden so nah an sich heran, ja, in der Welt vor meinem Fenster würde sich jeder, der sie kenne, wundern, wüsste er um ihr Treiben in jener Welt.

Aber warum sie mir das nicht schon früher mitgeteilt habe? Ich war überrumpelt und verletzt.

Sie habe Angst gehabt, sich nicht mehr mit mir austauschen zu können, denn genau das habe ihr so gut getan. Seit Jahren habe sie wieder aus vollem Herzen lachen können. Jene Welt sei für sie die einzige Möglichkeit, ihrem Schicksal für eine Weile zu entrinnen. Denn in der Welt vor meinem Fenster sei sie an das Bett ihres Mannes gefesselt, dem sie lebenslange Treue geschworen habe und der nun seit Jahren in diesem Zustand verweile, nachdem ihn der Schlag auf das Schwerste getroffen hatte. Alle Maßnahmen zu seiner Genesung seien erfolglos geblieben. Er könne nur in seinen lichten Momenten über die Augen mit ihr sprechen und sich allein mit ihrer Hilfe rühren. Ihre Liebe zu ihm sei hingegen so stark, dass sie ihn bis zum Ende, ganz gleich wie das aussehen mochte, begleiten werde. Ob ich denn jetzt noch ihr Freund bleiben wolle?

Mich hielt es nicht mehr auf meinem Stuhl. Mein Hochgefühl war vollständig verraucht. Ich konnte ihr nicht sofort antworten. Ich wollte ihr nicht sofort antworten. Ich lief in meiner Wohnung auf und ab.

Wie gut, dass sie mich nicht fluchen hörte. Noch vor einer halben Stunde hätte ich mich ihr zu Füßen geworfen, hätte auf den Knien um sie angehalten, hätte alles veranlasst, um ihr nah zu sein. Jetzt war ich Millionen Kilometer entfernt von ihr.

Als ich zum Rechner zurückkehrte, war ich gefasster. Ich sagte, dass ich nicht ihr Freund bleiben könne. Ich spürte, wie sich dabei alles in mir aufbäumte. Ja, ich spürte sogar, dass sie das merkte. Ich müsse nachdenken, müsse mir über einiges klar werden, könne heute ohnehin nicht so lange, denn wichtige Termine seien auf die lange Bank geschoben worden und müssen erle-

digt werden. Aber ich würde mich wieder melden.
Schon bald. Sicher.

Ich glaubte ihre Tränen zu spüren.

# 12.

Natürlich würde ich mich nicht bei ihr melden. Zumindest vorerst nicht. Was glaubte diese Frau denn, wen sie vor sich hatte? Die Schlange hatte ihr Werk vollbracht. Sie hatte mir prophezeit, dass ich eines Tages vor ihr herumrutschen und sie anflehen würde, sich mir wieder zuzuwenden. Das würde sie nicht erreichen. Dieses Miststück!

Am Ende war das alles nur ein perfider Plan von ihr gewesen. Eine Generaltaktik, um mein Herz zu zerstören. Das eines ebenfalls sterbenskranken Mannes. Auf einmal zauberte sie diesen anderen aus dem Ärmel. Gerade dann, als ich Ernst machen wollte. Sollte ich das denn glauben? Jeder andere Hanswurst vielleicht, aber nicht ich! Hätte ich jetzt dieses akustische System gehabt, ich hätte ihr meine Wut entgegengebrüllt. Ich hätte sie an meiner Raserei teilhaben lassen. Aber diese Genugtuung wollte ich ihr nicht geben, dieser Hexe!

Mit unheimlicher Sicherheit hatte sie sich zu mir geschlichen. Hatte die richtigen Worte, den richtigen Ton gefunden. Auch ohne akustisches System. Eine Meisterleistung, nur mit Worten so viel zu erreichen, das musste ich anerkennen. Wer hat dir das angetan? Waren nicht so ihre beinahe ersten Worte gewesen? SOLCHE WIE DU HABEN MIR DAS ANGETAN. Solche Weiber wie du haben mein Herz in Fetzen gerissen. Jahre, ach, was sage ich, Jahrzehnte hatte es mich gekostet, um es wieder halbwegs zusammenzuflicken. Ich war teilnahmslos, ja absichtslos geworden, und dann kommst du daher und zupfst die Narben fort. Nun lag alles wieder wund.

War sie mir nicht unmittelbar, nachdem ich den Vertrag mit jener Welt gekündigt hatte, begegnet? Am Ende war sie auf mich angesetzt worden, damit mir jene Welt schmackhaft blieb. Ein psychologisch geschulter Mensch. Vielleicht tatsächlich eine Frau. Doch, eine Frau war sie wohl. So wie sie, redeten Männer nicht. Auch nicht Psychologen. Und ihre Bilder? Am Ende zeigten die mir sowieso jemand mir völlig Fremdes. Eine Kleinigkeit in jener Welt, wie sie ja selbst eindrucksvoll bewiesen hatte. Sie hatten sie auf mich angesetzt, damit ich den Vertrag doch noch verlängerte. Vielleicht gingen sie ja davon aus, dass ich nach dem, was sie zuletzt offenbart hatte, noch länger in jener Welt blieb und weiterhin Geld zahlte, vielleicht genau deshalb dort blieb, um nach Ersatz für sie zu suchen.

Das hätte ich natürlich tun können. Ich wäre dabei auch ohne Geld zurechtgekommen. Inzwischen hatte ich soviel gelernt, dass das möglich gewesen wäre. Ich kannte einen ganzen Haufen Avatare, die mir von Nutzen wären. Um Himmels willen! In den vergangenen Wochen und Monaten hatte ich diese anderen völlig vernachlässigt.

Auch das konnte zu ihrem durchtriebenen Plan gehört haben. Sie erinnerte mich an die so genannten White Hunter im asiatischen Raum, Huren, die ihren

Freier verliebt machen wollen, damit er sie heiratet und mit in sein anscheinend paradiesisches Land nimmt, weg von der erbärmlichen Armut. Genau so erschien Alida mir jetzt. Eine Pixel-Nutte. Dabei wollte sie nicht heiraten, sondern nur geil machen. Sie wollte nicht in mein Land folgen, sie wollte, dass Varn in dem ihren blieb.

Aber was, wenn ihre Geschichte stimmte? In vollem Umfang? Wenn sie tatsächlich diesen Mann hatte? Wenn sie tatsächlich Tag für Tag an seinem Bett saß ohne ein Zeichen seiner Wahrnehmung? Wenn sie tatsächlich jeden normalen Kontakt zu anderen hatte verkümmern lassen müssen und tatsächlich in jene Welt getreten war, um nicht nur den täglichen Schmerz erleben zu müssen?

Ich wurde traurig.

Wenn das alles tatsächlich so wäre, dann tat ich ihr mit meinen zornigen Vermutungen Unrecht. Dann lebte in der Welt vor meinem Fenster in der Tat ein Mensch, dessen Schicksal dem meinen nicht ähnlicher sein konnte. Zwei solche Menschen müssten zusammen leben, aber bei diesen Voraussetzungen war das unmöglich. ES WAR UNMÖGLICH.

Sie konnte ihren Mann nicht verlassen um meinetwillen, und ich durfte mich nicht an ihre Seite stellen. Der Mann könnte noch lange so weiterleben. Sie hatte sich für ihn geopfert, und ich konnte gar nichts dagegen tun.

Doch immer wieder auf sie in jener Welt zu stoßen, bedeutete für mich auch schier unüberwindliche Schmerzen.

Es war hoffnungslos.

Hätte sie mir doch niemals darüber berichtet. Aber was hätte sie anderes tun können? Sie hätte es für sich behalten können. Da sie es doch erzählt hatte, könnte es ein Hinweis darauf sein, dass sie es ehrlich meinte. Niemals hätte ich es sonst herausgefunden. Zumindest nicht, solange wir räumlich getrennt waren. Wäre ich allerdings zu ihr gegangen, dann wäre es herausgekommen. Vielleicht hatte sie das gespürt. Vielleicht hatte sie gespürt, dass mir dieser Gedanke gekommen war. Vielleicht hatte sie gewusst, dass mir dieser Gedanke kommen würde.

Bestimmt hatte sie nach unserer letzten Nacht ebenso wie ich gefühlt und hatte sich sicher schwer getan damit, sich dem Einzigen, der ihr neben ihrem Mann etwas bedeutete, zu offenbaren. O Alida! Wir könnten nie nur Freunde sein. Frau und Mann, die so stark füreinander empfinden, können niemals nur Freunde sein. Sie können sich nur lieben oder einander gleichgültig werden oder einander hassen, da sie sich nicht mehr lieben können. Oder sie müssen sterben.

Zwei Liebende, die niemals zueinander finden können und dürfen. Wie oft war darüber geschrieben worden? Wie oft war es auch in der Welt vor meinem Fenster geschehen? Wie oft war daraus eine Katastrophe erwachsen?

Ich hörte Axl Rose When you're talking to yourself and nobody's home singen.

Im Moment wollte ich mich umbringen. Im nächsten Moment tauchte das Bild des Mannes aus der Nachbarschaft, der sich aus dem Fenster gestürzt hatte, in mir auf. Sollten sich doch die Teenager der unglücklichen Liebe wegen umbringen. Sie wissen noch nicht, dass alles vergehen kann, dass alles sein Ende findet. Sie nehmen sich und die Liebe zudem auch noch zu ernst. Mich selbst umzubringen würde mich zum Feigling stempeln. Mich selbst umzubringen, würde mein Geständnis erzwingen, dem Leben nicht länger die Stirn bieten zu können. Nein, das Leben sollte schon mehr aufbringen müssen, um mich zu erledigen. Es müsste seine ganze Härte nutzen, um mich zu vertreiben, jetzt, da ich doch mein Buch geschrieben hatte, das erst so wenige hatten lesen können. Das Leben konnte mich mit Krankheiten und Unfällen schlagen wie Hiob, aber ich würde nicht eher abtreten von seiner Bühne, als bis sich die in allen Zellen verankerte Menge an Zellteilungen vollzogen hatte. Wenn die Uhr also tatsächlich abgelaufen war.

Ich könnte aber Alida umbringen, möglichst blutig, nach einem perversen, listigen Plan vorgehend, weil sie mich so belogen hatte. Ich könnte sie sogar in den Selbstmord treiben, dann würde auf mich kein Verdacht fallen. Oder ihren Mann könnte ich beseitigen. Der war ohnehin schon so gut wie tot. So wäre ihr Beweggrund beseitigt. Wenn er tatsächlich keinen Atemzug mehr tat, dann würde es Alida bestimmt das Herz brechen, und ich hätte sogar zwei Fliegen mit einer Klappe erschlagen. Doch das würde viel Energie kosten, würde mich aus dem Haus treiben. Dafür schien meine Enttäuschung nicht auszureichen.

# 13.

Aber ich könnte Varn umbringen.

Das würde zumindest ein Zeichen setzen. Enttäuscht von der Sünde der Welt, bringt der Gott seinen Sohn um. Es würde mein Elend zwar nicht sofort beenden, aber zumindest wäre damit ein Anfang vom Ende meiner Enttäuschung gemacht.

Ich würde ihn vermissen. Ich würde meinen Varn vermissen, aber es war beschlossene Sache. Statt meiner oder eines anderen sollte Varn sterben. Ich musste ihn mit voller Grausamkeit und mit Absicht aus seinem Leben reißen. Ich würde ihn ermorden, ja, es wäre Mord, denn ich hatte Motiv und Gelegenheit dazu.

Doch ich scheute mich, den letzten Schritt zu tun, zerstörte ich damit doch nicht nur sein Leben, das ich so mühsam erschaffen und aufgebaut hatte, sondern beraubte mich zugleich auch all meiner Möglichkeiten in jener Welt. Doch mein Vertrag lief ohnehin in Kürze aus, und so war der Zeitpunkt gerade recht. Im Grunde hatte ich doch schon, bevor ich Alida getroffen hatte, die Lust an jener Welt so stark verloren, dass ich den Vertrag gekündigt hatte. Warum fiel es mir also nun so schwer, für immer jene Welt zu verlassen? Sie war doch bedeutungslos für mich geworden, und sie war es jetzt, nach Alida, erst recht.

Ich hatte es ja versucht, jener Welt wieder Bedeutung abzugewinnen und Varn erneut in jene Welt geschickt. Aber nichts, gar nichts, war mir wie früher erschienen. Die Farbigkeit war einem faden Grau gewichen. Ein kriegsverheertes Land. Ich könnte aus den Trümmern neues Leben ziehen. Doch dieses Leben begann nicht so, wie es begonnen hatte, als Varn das erste Mal jene Welt betreten hatte. Und es bereitete mir Unbehagen, jene Welt mit Varn aufzusuchen. In Wirklichkeit hatte ich Angst, dort jetzt schon auf Alida zu treffen, und so wählte ich den Zeitpunkt, um in jener Welt zu erscheinen, sorgfältig aus. Dabei kam mir mein Wissen über sie zugute.

Wann würde sie arbeiten, wann würde sie ihn aufsuchen? Nur dann würde sie afk sein, und ich konnte mich ohne Gefahr einer Konfrontation dort bewegen. Trotzdem war ich dann verkrampft und erwartete jederzeit die Meldung, dass Alida online war. Ein-, zweimal war das passiert. Der Schreck war mir dann in die Glieder gefahren, und ich hatte nichts Eiligeres zu tun gehabt, als begonnene Gespräche, die ohnehin nur ein kläglicher Abklatsch meiner Gespräche mit Alida gewesen waren, sofort zu beenden, um blitzschnell jene Welt zu verlassen, mit zitternden Händen, mit pumpendem Herz, verzweifelt und atemlos vor meinem Rechner zusammensinkend, aber fürs Erste gerettet. Dann fragte ich mich, warum ich diese Gespräche überhaupt geführt hatte, warum ich überhaupt in jene Welt zurückgekehrt war. Schließlich bestärkte ich so selbst meine Theorie, meine Verrat-Theorie, dass Alida auf mich angesetzt worden war, und ihr Verhalten mich dazu bewegen sollte, noch länger in jener Welt zu bleiben.

Eine Weile glaubte ich, nur einen anderen Avatar erschaffen zu müssen, um wieder jenes Gefühl der Freude, der Leichtigkeit des ersten Mals erfahren zu können. Dieser neue Avatar aber, den Alida nicht kennen konnte, war, nachdem ich ihm irgendeinen bedeutungslosen, blassen Namen gegeben hatte, selbst mit dem jungfräulichen Varn nicht zu vergleichen. Jener Neue entfaltete nichts von der Lebendigkeit, der Unbefangenheit meines Varns. Zu Beginn hatte ich sogar die fixe Idee, mich mit diesem anderen Avatar selbst Alida nähern zu können, um herauszufinden, wie sie sich einem quasi Fremden gegenüber, jetzt, wo das alles geschehen war, verhalten würde. Doch schnell gewann ich die Einsicht, dass ich eine derartige Täuschung nicht würde durchhalten können. Früher oder später würde ich mich verraten, und dann? Früher oder später würde mir Alida sagen, dass sie der neue Avatar an jemanden erinnere, und das zu Recht, denn schließlich würde sie mit demselben Schöpfer reden. Und dann?

Sehr bald tötete ich jenen anderen, wobei dieses Töten streng genommen kein Töten war, denn dieser Avatar hatte nie gelebt, und so machte es mir nicht das Mindeste aus.

Ich wusste, dass ich auch Varn töten musste. Ich wusste, dass mir das etwas ausmachen würde, und schreckte darum noch immer davor zurück genau so, wie ich davor zurückschreckte, Alida meinen Entschluss mitzuteilen, jene Welt zu verlassen. Doch beides musste sein. Was bedeutet die Liebe, was kann sie bewirken, da sie doch bereits im Ansatz ohne Hoffnung ist? Was machte ich mir vor?

Ich könnte natürlich auch, ohne ein Wort mit Alida gesprochen zu haben, gehen. Doch das schien mir nicht mannhaft.

Ich könnte ihr vielleicht das Geld, das ich noch besaß, zuvor übermitteln. Es in echte Währung zurückzutauschen wäre lächerlich bei der Summe. Aber würde sie sich dann nicht wie eine Hure fühlen? Sollte sie sich doch zum Teufel scheren! Was kümmerte es mich, ob sie sich wie eine Hure fühlte? Dann aber gewann mein Mitgefühl erneut die Oberhand. Ich würde das Geld also verfallen lassen müssen. Oder ich verteilte es an all die anderen Avatare, die Varn in seine Freundesliste, seine Geschäftsliste, aufgenommen hatte. Dafür müsste ich aber wieder viel mit ihnen reden und erklären, obwohl ich doch schon seit einer Ewigkeit nicht mehr mit ihnen gesprochen hatte. Sie würden sich bestimmt wundern, dass ich plötzlich wieder Kontakt zu ihnen aufnahm, denn sie rechneten sicher nicht mehr mit mir. Keiner von ihnen hatte sich in den vergangenen Monaten bei mir gemeldet. Außerdem wollte ich nicht mehr reden. Nicht mit ihnen und eigentlich auch nicht mit Alida.

Als ich schließlich wieder auf sie traf, schien sie gefasst. Ich teilte ihr meinen Entschluss mit. Sie weinte. Ich gab mich hart. Sie war verzweifelt.

Ob ich ihr denn wenigstens meine E-Mail Adresse lassen würde. Das führe zu nichts, gab ich zur Antwort. Sie würde mich nie vergessen. Es sei schrecklich,

Menschen zu verlieren, die man lieb gewonnen habe. Aber sie würde verstehen. Sie hätte schon so oft verstehen müssen, hätte sich schon so oft trennen müssen.

Ich liebe dich nicht mehr, sah ich mich schreiben. Ich habe dich nie geliebt!

Ich wusste, dass ich ihr wehtat, als ich so log, Ich verletzte mich damit selbst, aber ich sah auch, dass wir uns in nicht all zu ferner Zukunft plötzlich nichts mehr zu sagen hätten. Also schwieg ich weiter. Bestimmt wusste sie, dass ich log, dass ich es nur behauptete, um mich zu schützen, um leichter von ihr loszukommen. Bestimmt drang sie darum auch nicht weiter in mich.

Ich konnte, ich durfte ihr nie mehr etwas geben. Sie spürte das. Sie spürte, dass Varn für sie und mich sterben würde. Dann beendete ich unser Gespräch. Dann war sie weg. Sie war weg!

Eine Weile stand Varn unschlüssig und allein in irgendeiner Landschaft. Die virtuelle Sonne ging unter. Es sollte ein blutroter Abendhimmel sein. Ein guter Platz, eine gute Zeit zum Sterben dachte ich. Dann loggte ich mich aus, löschte Varns Dateien jener Welt und schaltete den Rechner aus.

## 14.

Schon jetzt, drei Tage später, überkommen mich Zweifel. Hatte ich das Richtige getan? War ich zu vorschnell gewesen? Was, wenn Alida genau die Passende für mich war und sich ein Warten auf sie am Ende lohnen würde? Ich könnte meinen Varn auferstehen lassen. Es würde mich etwas kosten, aber er wäre zumindest vordergründig wieder so, wie ich ihn hatte sterben lassen.

Ich bestelle ein paar Brötchen bei der Frau im Markt um die Ecke.

Aber nein. Das wäre nicht konsequent. Und darüber hinaus: Wie oft hatte ich schon gewartet. Im Grunde war mein ganzes Leben ein Warten. Ich war es leid. Aber sie hätte auf mich gewartet. Ein Novum in meiner Geschichte. Aber hatte ich mir nicht alle Für und Wider aufgelistet? Hatte das Wider nicht den Ausschlag gegeben? Einen deutlichen Ausschlag? Und was, wenn das Warten die Liebe tötete? Dann hätte ich Zeit vergeben, wie so oft. Mein Herz hatte mich noch immer getäuscht. Wo meine Liebe auch hingefallen war, sie war letztlich auf unfruchtbaren Boden gefallen. Ein Wunder, wenn mehr als ein Keimling gewachsen war. Doch auch der war verkümmert, weil immer etwas gefehlt hatte. Das Gesetzt des Minimums. Begrenzend ist das, was am wenigsten vorhanden ist.

Nach dem ersten Gefühl der Einsamkeit fühle ich meine Ruhe zurückkehren. Ich weiß nicht, ob ich mit dieser Ruhe noch würde leben können, ja habe etwas Angst, dass ich wieder in meine Schale, die Alida mir geöffnet hatte, zurückkriechen würde. Andererseits empfinde ich Erleichterung, dass mein Verstand am Ende doch gesiegt hatte, dass er dem Trug jener Welt und auch der Welt vor meinem Fenster nicht aufgesessen war. Noch kreisen ein paar Oxytocin-Hormone durch meine Adern, aber mit der Zeit würden sie abgebaut sein. Das klare Denken würde erneut mein Leben bestimmen. Nach und nach würde ich die Dinge wieder angemessen einordnen können. Ich würde Alidas Anblick vergessen. Vielleicht. Der ihres Avatars war sowieso nie in meinem Gedächtnis haften geblieben. Trotzdem würden auch all ihre anderen Bilder verschwinden. Das an der Wand hatte ich bereits fortgerissen. Jetzt, da ich Varn vorsätzlich getötet hatte, da ich ihn ermordet hatte, könnte ich mir ihre Bilder nicht einmal mehr auffrischen, denn sie alle liegen mit ihm in jener Welt begraben. Ich hatte sie nicht in die Welt vor meinem Fenster hinübernehmen können, wollen und dürfen.

Es scheint, dass mit Varns Tod auch Alida, ja etwas von mir selbst gestorben ist. Aber ist das nicht ein Hinweis darauf, dass etwas in mir liegt, das sterben kann? Etwas, das ich längst tot geglaubt hatte? Etwas, das erwacht war, gelebt hatte und wieder gestorben war? Es könnte wieder erwachen. Eine ewige Wiedergeburt.

Lächelnd steckt mir die Frau vom Markt zwei Brötchen mehr, als ich bestellt hatte, in die Tüte.

Ich fische nach ein paar Münzen, bekomme sie nicht richtig zu fassen, und so prasseln sie zu Boden. Im Aufheben höre ich ihr Lachen. Sie lacht mich aus! Was fällt ihr ein? Noch eine, die mich austrickst? Noch eine, die mich erniedrigt? Noch eine Alida? Verkrampfte Wut brüllt, brüllt sich frei, zerpixelt die Welt aus Schmerz. Büßen sollst du!

Ich zerbreche die schwarzen Eisenstangen meines Käfigs. Ich bin Löwe ohne Krallen. Der springt hinter die Theke, greift nach dem Messer, mit dem sie kurz zuvor einen Streuselkuchen zerteilt hatte. Alidas Pixelpuppenaugen sehen ihn an. Zweimal schlägt er die Kralle in sie hinein. In jedem Schlag meine wütende Enttäuschung. Rote Brötchen schwimmen am Boden.

Die Avatare drumherum reglos und emotionslos wie gewohnt. Noch zwei Alidas trifft seine Kralle. Hysterisch kreischt die Welt. Auf dem Weg zur Wohnung hört er die Polizei in der Ferne.

Dann stehen sie vor der Tür, stehen im Zimmer.

Ich aber schwebe, schwebe zum Fenster hinaus.

Away from keyboard.